张清宇 / 著

四季如歌

黄河出版传媒集团
宁夏人民出版社

图书在版编目（CIP）数据

四季如歌 / 张清宇著. -- 银川 ：宁夏人民出版社，
2025. 1. -- ISBN 978-7-227-08031-2

Ⅰ. I227

中国国家版本馆 CIP 数据核字第 2024QP8085 号

四季如歌　　　　　　　　　　　　　　　　　　　　　　张清宇　著

责任编辑　杨敏媛
责任校对　陈　晶
封面设计　姵　莹
责任印制　侯　俊

 黄河出版传媒集团
宁夏人民出版社　出版发行

出 版 人　薛文斌
地　　址　宁夏银川市北京东路 139 号出版大厦（750001）
网　　址　http://www.yrpubm.com
网上书店　http://www.hh-book.com
电子信箱　nxrmcbs@126.com
邮购电话　0951-5052106
经　　销　全国新华书店
印刷装订　天津中恒印务有限公司
印刷委托书号　（宁）0030732

开本　880 mm×1230 mm　1/32
印张　7
字数　150 千字
版次　2025 年 1 月第 1 版
印次　2025 年 1 月第 1 次印刷
书号　ISBN 978-7-227-08031-2
定价　66.00 元

序

一痕春色半庭栽，洒酒十千意满怀。
休论风云三载去，还邀亲友八方来。
龙腾东海城隍庙，鹤舞西溪古树梅。
九曲寒波留暖际，万家灯火笑颜开。

甲辰年大年初一，张清宇教授从宁波发来了这首春节拜年词。近十年来，这似乎成了一种惯例。每逢佳节必有诗，再把这些诗词视同欣喜一般分享给亲朋好友，经年累月，养就了张教授雷打不动的雅好。及至她将厚厚一沓诗词分类理出，准备付梓时，我还是有些惊异，暗忖这漫漫时光辗转留痕，原是给有心人早早攒下了一份岁月的厚赠。

照说，张教授躬耕于浙江大学这所顶尖学府，汲汲于科研这块试验田，跟诗词歌赋这样的散淡风雅之学貌似瓜葛的概率并不高。她曾介绍，自己是专攻环境承载力、环境治理体系、环境规划与管理、生态文明等方面研究的，主持过国家重点专项、国家自然科学基金、科技部中日合作基金、国家公益基金及国家发改委专项基金等数十项，授权专利二十多项，还是荣获国家发改委科技进步奖第一人。凡此种种，我作为妥妥的门外汉，看热闹都未必会，既不敢妄评，也就更无从置喙了。

我只是好奇，既然在浩繁无际的科研之海上弄潮冲浪，还能插空不时呈现海滩上闲庭信步、踩沙拾贝的意趣，这可是在两个世界之间自如切换哪！如此鲜明的跨界，对绝大多数人而言无异于鸿沟，张教授却轻轻松松"一笔带过"，若没有些慧心独运，那又作何解呢？这也不免让人产生联想：科学与诗歌之间，是否潜在着一种看不见的联系？

类似的问题也越来越有趣了。比如科学家应该写诗吗，科学与诗歌如果存在某种联系，那又是一种怎样的关系，等等。这类疑惑就曾由美国布尔茅尔学院化学系的 Michelle Francl 教授提出，并在她那个化学家的社交圈中做了一次民意测验。结果出人意料，居然有 48.5% 的化学家选择二者关系是"厚脸皮的表亲"（cheeky cousin）。科学与诗歌是一种近亲关系吗？似乎张教授这些年来科研之余的诗词写作也在佐证这看似奇妙的联想。

我之前看过一段视频，是杨振宁先生多年前谈物理学家诗歌写作的，他是这么说的："诗歌是思想的凝练，你用几行字就能写出非常复杂的思想。当你写得很好时，它就变成了富有美感的诗歌、富有力量的诗歌，变成了浓缩凝练的诗篇，这是我们（物理学家）一直追求的，而且这并不是空想。"科学与诗歌原本清晰的分野，顿时就模糊了起来。

于是，再读张教授这些珠玑叠翠、锦绣盈眸的文字时，不经意间就闪过一星疑窦：作者究竟是被学术科研耽误了的诗人，还是写诗这种雅好成就了一位愈发卓著的科学家呢？

大抵上，想要从枯燥的科学研究里派生出诗意，并不比石头上长出麦子更靠谱，就像从绝对的理性中挤出感性一样希望渺茫。如今张教授将二者打通了，将感性与理性兼容了，举凡所见之景、心头之情、领会之事皆可入诗，本应朝着文学院大门里踱步而去，然则却又从环境与资源学院的小径信步而来。

于繁忙之中借闲适，见雅趣，觅诗意，给高速运转的大脑充个电，为高精的学科钻研调个味，捎带调动一下学识储备喂养接续的灵感，可谓雅事一件。将一路走来的这些诗情雅韵集成一册，整装面世，切切实实是一桩喜事了。

由衷地贺喜张教授！

是为序。

陈勇（诗人，珞珈诗派创始人之一）

目 录
CONTENTS

一、蝶恋花 ………………………………… 001

二、虞美人 ………………………………… 009

三、江城子 ………………………………… 017

四、鹧鸪天 ………………………………… 025

五、浣溪沙 ………………………………… 033

六、行香子 ………………………………… 041

七、一剪梅 ………………………………… 049

八、相思引 ………………………………… 057

九、长相思 ………………………………… 063

十、钗头凤 ………………………………… 069

十一、巫山一段云 ………………………… 077

十二、喝火令 ……………………………… 083

十三、醉花阴 ……………………………… 091

十四、采桑子 ……………………………… 099

十五、定风波 ……………………………… 107

十六、蓦山溪 ……………………………… 115

十七、朝中措 ……………………………… 123

十八、如梦令 …………………………………… 129

十九、八声甘州 ………………………………… 136

二十、卜算子 …………………………………… 144

二十一、暗香 …………………………………… 152

二十二、一七令 ………………………………… 161

二十三、梅弄影 ………………………………… 173

二十四、南歌子 ………………………………… 179

二十五、鹊桥仙 ………………………………… 184

二十六、捣练子 ………………………………… 192

二十七、洞仙歌 ………………………………… 198

二十八、清平乐 ………………………………… 207

二十九、一丛花 ………………………………… 213

一、蝶恋花

蝶恋花·立春

春色无痕春婉婉。眉黛青颦，云鬓飞花漫。新绿随风飘舞岸，轻霜掩面遮羞半。

春意初萌春缓缓。展笑轻传，淡染千层畹。衣袖撩琴声瑟瑟，暗香浮动幽幽远。

蝶恋花·雨水

烟雨江南烟雨客。穿柳寻春，飞燕泥阡陌。一处桃花菲岸获，一株梨树渲池墨。

香径无痕香脉脉。婉转回眸，惊落樱千百。流水惜花行莫逆，芬芳一路飘清逸。

蝶恋花·惊蛰

细雨柔风烟渐浅。新绿千层，柳浪丝丝卷。碧水映桥波影断，兰幽梅曲芳菲散。

白鹭悄然临水岸。墨染亭台，萱草依依婉。笑看落花飞絮漫，漫听惊蛰春寒远。

蝶恋花·春分

　　杨柳青青春正好。水暖风轻，沿岸千花笑。细看还嫌花蕊小，是谁会把花期报？

　　花事难休花事了。蝶舞莺飞，春雨知多少。溪上兰舟汀上草，无端情愫心头绕。

蝶恋花·清明

　　淡雾雨氲穿细柳。梨雪含烟，芳草迎风抖。带紫桃花香渐瘦，众樱粉瓣纷飞皱。

　　郊外寻春追忆久。丛冢荒横，隐在青山后。每寄哀思凭泪洒，梦中亲友何曾走。

蝶恋花·谷雨

　　丝雨笼烟烟笼暖。碧染江川，满眼清无限。新柳恋风飞絮乱，瘦桃含露娇羞伴。

　　帘重难遮春意蔓。执笔轻描，思绪凝香腕。借到丹青编锦缎，偷来粉彩涂帷幔。

蝶恋花·立夏

初夏尤疑春意盛。急雨频频，万里烟空净。淡远碧天云寂静，窗前溪水不知冷。

柳浪闻莺盈小径。紫竹涛笙，难断东风影。绿草茵茵环野岭，繁花似锦交相映。

蝶恋花·小满

葱翠芷兰依碧水。柳叶盈盈，梅子青青蕾。细雨风中飘欲坠，花间凝露玲珑醉。

白鹭双飞随影逝。淡雾蒙蒙，难断千丛卉。窗外晚莺声迤逦，墨香满袖穿宣纸。

蝶恋花·芒种

青草葳蕤遮小径。时雨纷纷，处处蛙声兴。栀子花香随月静，枇杷满树金烟岭。

借送花神游胜境。浅夏微凉，四野青苗胜。万里碧空尘逸净，炊烟淡雾轻如影。

蝶恋花·夏至

　　半亩水塘摇碧柳。缕缕荷香，款款随风走。雨打莲蓬凝露厚，涟漪偶探泥中藕。

　　淡淡烟云游满袖。清浅明眸，邂逅池心皱。小扇玲珑难释手，眉间心上情依旧。

蝶恋花·小暑

　　梅雨温风轻羽扇。菡萏成莲，高柳蝉声啭。碧翠莲蓬连万伞，落红无数知春远。

　　咏曼阁前闲释卷。欲寄相思，怕比烟轻浅。颔首回眸颦笑懒，情牵何处丝痕乱。

蝶恋花·大暑

　　竹影婆娑遮晓月。风入尘香，隐隐弥心骨。水岸涟漪摇碧叶，粉荷依旧含娇靥。

　　盛夏清凉何处窃？一卷诗风，暗扫无端热。一纸墨香消入阙，何须怀念冬之雪？

蝶恋花·立秋

窗外疾风携乱雨。鸟啭千柔,柳叶闻声舞。葱翠芷兰衔玉露,花间小径蝉鸣苦。

一夜芙蓉花满树。木槿仍娇,阡陌荷香度。裁段光阴编锦羽,静听秋色凝千语。

蝶恋花·处暑

湖面船灯疏漏影。淡淡轻烟,织幕遮重岭。几曲清音延岸咏,吴歌古韵依稀劲。

月下随风穿小径。小扇蚊萤,又见荷香盛。十里稻花尤胜景,忽然秋色无声兴。

蝶恋花·白露

玉露风凉烟万里。渐远蝉声,金柳眉梢喜。柿涩荷残莺迤逦,芦花旖旎罗兰紫。

枫叶青苔溪水翠。陌上红尘,不为秋风逝。染尽相思无处寄,凋红谢绿回眸醉。

蝶恋花·秋分

溪水无声悄对月。银杏红枫，桂絮流香叠。远处星光幽朗澈，轻风作伴芳侵骨。

岛影依稀如卷叶。满载秋情，隐入一江雪。辞罢青葱迎彩页，斑斓醉笔无边抹。

蝶恋花·寒露

翠幕浓深秋月半。寒露凝兰，落桂英飞乱。水瑟涟涟漂叶慢，风声更劲残荷卷。

青柳荡千仍画暖。晚草依依，归雁南飞返。但见云高天淡远，山清水秀何曾减？

蝶恋花·霜降

秋晚凝霜莹胜雪。翠柳参黄，曲岸芙蓉缀。街角桂残香暗迭，焦枯芦苇寒中切。

风冷雨冰荣渐没。最是惊魂，枫叶红如烈。临水芙蓉娇映月，菊花各色争开靥。

蝶恋花·立冬

心暖步轻街角苑。弦月当空，风搅痴缠乱。欲探桂芳依阁转，却残一点香酥软。

此去秋霜能复返？叶落无声，激起千层恋。不问情缘何必浅，梦沉难醒随风远。

蝶恋花·小雪

不舍此秋轻悄去。叶欲追随，缱绻随风雨。牵念如丝千百绪，红尘一袖轻盈舞。

期待雪菲飘四宇。相拥情深，走过晶莹处。灯下影双烟缕缕，流萤飞过千千絮。

蝶恋花·大雪

何处惊飞芦荡鹤？阵阵涟漪，漾乱随波雀。风卷草斜冬叶落，红枫依旧相思着。

细雨纷飞闲打箬。谁扫红尘，难去心中窦。唯有茶香盈满阁，青山不负白云诺。

蝶恋花·冬至

已是秋红红尽处。缕缕松香，淡染林间路。湛碧空凝莹澈露，婉柔风动婆娑树。

眸底眉心波楚楚。弄水青莲，晕漾亭间鹭。小令玲珑书雅赋，迷离醉眼观千古。

蝶恋花·小寒

已是深冬寒万里。雁羽和声，写下千寻泪。带去冻烟三百米，可知芳草连天旖？

期待雪花飘迤逦。仙客飞来，可有香醇备？犹见山川凝翠霁，暖风依旧窗前滞。

蝶恋花·大寒

冻极寒深梅蕊绽。楚楚殷红，沁醉人间半。更胜山茶轻妙曼，不输桃李犹娇婉。

溪上兰桡梅影乱。点点相思，一笑痴缠蔓。虽带冰痕情未浅，飘零不待何人伴。

二、虞美人

虞美人·立春

青潜枯褪东风懒，一夜莺声啭。融冰消雪更轻寒，忽见竹林深处笋钻田。

云高宇阔蓝无尽，流水山间隐。梦中花影水中留，恰对一轮明月照枝头。

虞美人·雨水

梅香溪岸青缠柳，盘起鸳鸯扣。山茶廊下起轻烟，最是那芽葱翠醉心田。

丝丝细雨敲长凳，尤见伊人影。扫不清处处闲愁，莫问春潮起落几时休。

虞美人·惊蛰

桃花摇曳溪间印，窗外无雷振。玉兰无意去争春，更把霓裳云鬓饰红尘。

兰舟不渡蹉跎事，不载忧伤季。此春不负万花情，怎奈东风过处暗香惊。

虞美人·春分

樱追桃李花如雪，岸柳生新叶。无声细雨润青葱，三月莺声流转染春浓。

紫云掠过莺飞舞，谁在丛中伫？春花秋月最无情，唯愿此生如影伴君行。

虞美人·清明

雨丝不断凝浓雾，夜色行人苦。山庄仍黛远山愁，谁叹炊烟袅袅上朱楼？

坟前已是蓬蒿乱，难阻音容现。坐思悲起泪涟涟，不问为何缘了再难圆。

虞美人·谷雨

雨含清色波含翠，碧落千层卉。风噙芳迹水噙香，处处游丝软絮系红妆。

林邀百雀汀邀鹭，柳浪莺声度。蝶依花影画依澜，款款竹风盈耳醉心弦。

虞美人 · 立夏

苍山如海滴清翠，岭上叠云醉。风飘阁暖紫樱沉，乍见径幽香远绿荫深。

品茶窗下闻新夏，何惧芳菲谢。去犹缱绻意徘徊，可笑无声之梦有一宅。

虞美人 · 小满

碧波连岭烟含翠，岸柳轻扑水。一池皱水漾莲花，眷恋晨曦清露入青纱。

兰舟漾溢涟漪泛，叶上思情染。心澜千万点青葱，只见蜂飞蝶舞闹哄哄。

虞美人 · 芒种

杨梅煮酒青桃俏，一季石榴笑。吐烟幽径绕竹溪，隔岸藏莺丛柳弄琴笛。

露痕欲度莲心事，却让蒲荑滞。静听花语写诗情，嵌入暗香浮动为谁萦？

虞美人·夏至

　　杨梅红透初荷粉，满荡青葱韵。雨丝点点挂芳兰，处处蝉鸣莺啭雀声欢。

　　蜂飞蝶舞蜻蜓跳，鹤展悠然傲。赏风欣雨品花香，蓦见一泓泉水绕心房。

虞美人·小暑

　　沉沉菡萏莹莹露，蝴蝶翩翩舞。石榴红尽暑风狂，单恋玉兰沾手手中香。

　　朝云暮霭青山绕，溪径纱缥缈。不期相遇采莲人，却看飞花似雨雨清尘。

虞美人·大暑

　　碧空万里云轻远，热浪无边蔓。万花伞下影丛疏，但愿清风穿柳乱翻书。

　　蝉声月下婆娑树，散作星辰雨。案头词卷两三行，庆幸悠然消暑有诗香。

虞美人·立秋

忽然风送清凉意，小扇仍难弃。秋声何处可侦听，牵挂红枫一抹胜遥青。

一张木椅一轮月，梦绕秋风叶。薄荷香草伴冰茶，闲了叠衣烧菜又扦花。

虞美人·处暑

风衔凉爽烟衔翠，街角何人醉？异乡云水异乡人，默默无声跐脚弄纤尘。

皇陵大漠黄河水，塞上江南味。论文编罢看苍穹，已是万家灯火暮烟浓。

虞美人·白露

稻黄荷粉莲心笑，珠露玲珑跳。天高云远野炊遥，只想回眸一笑有人瞧。

校园始遇频频事，课罢门生滞。课题研究写文章，可谓人生聚散太匆忙。

虞美人·秋分

一年又到秋分季，最爱红枫雨。叶随风转始为秋，更叹桂香浓淡迹难留。

拍花却为何人赏，点点香心漾。夏风秋雨怎无愁，未若清闲时刻笔尖勾。

虞美人·寒露

桂香犹绕枝头月，悬水凝秋叶。天遥云尽渐飘黄，回看烟轻水静已微凉。

莺声隐隐惊寒露，轻颤随光舞。逆风摇曳也生姿，看不见丝丝入骨相思。

虞美人·霜降

时逢霜降芙蓉笑，款款香风绕。柳丝垂向美人蕉，偷到回眸一笑万红凋。

寒烟翠外罗衫紧，尤恋君之吻。细沙难握更难留，何不从今放手任其流。

虞美人·立冬

清秋尚浅冬痕远，似海棠温婉。红枫有泪迹无踪，可叹层林万里展思浓。

忽闻隔岸莺声紧，小院飘枯尽。夜收残照弄花惊，是否春花秋月最无情？

虞美人·小雪

霜凝万瓦残枫卷，菊蕊徐徐展。淡烟含翠冷溪船，未见雪穿寰宇落人间。

芦花隐处香依旧，怎抵杯中酒。似犹堤岸影同行，笑叹相思入骨似丝萦。

虞美人·大雪

北疆银色江南雾，又是深冬度。门前枯叶扫花窗，是否苍穹此刻亦苍茫？

心思暂敛观初雪，嬉笑声中悦。浅眸深笑醉红尘，笑问崎岖岁月可留真？

虞美人·冬至

夜长天短方回转，金柳舒溪岸。虽无节假假风浓，岭上斑斓翠色是茶松。

忽然两袖凝寒紧，斜影依墙尽。笑收书稿早回家，的确那盘饺子在勾牙。

虞美人·小寒

不知梅影何时现，已是寒凉伴。问溪溪水亦涓涓，何处转流向北过千湾？

茶烟绕鬓心犹暖，一指兰花软。笑翻书柜找闲情，怎料新书勾起忆千层。

虞美人·大寒

霜窗雾岭新村落，万里银装着。暗香出自雪中梅，点点绛唇轻吻野冰葳。

冰晶雪舞吟寒律，岁月留痕迹？素描丹墨写冬情，笔墨深浓浅淡尽瑶笙。

三、江城子

江城子·立春

竹窗古道恋寒梅，暖风吹，粉葳蕤。几许青葱，翠了黛桥眉。
寄语春光杨柳岸，莺声处，影儿随。

纤纤细雨淡霏霏，宛如丝，逗窗帷。烟水之间，多少入相思？
近水远山皆有意，痕一抹，万般痴。

江城子·雨水

烟溪梅柳水云乡，玉兰芳，枣爬墙。红粉山茶，四季桂飘香。
湛碧空携花瓣雨，尘不染，影临窗。

情浓意蜜满春江，此时杭，赛天堂。山水云天，更妒璧人双。
莞尔回眸投倩笑。天地静，更苍茫。

江城子·惊蛰

玉兰胜雪度梅香，笋芽长，紫樱芳。雨后山茶，坠粉弄红妆。
华露轻纱霞落晚，惊蛰季，鸟儿忙。

一帘风影伴花墙，隐轩窗，绕回廊。水墨丹青，点点落诗行。
滴墨犹愁无秀句，回眸见，柳丝扬。

江城子·春分

丝丝雨著海棠丛，正殷红，俏苍穹。一触之间，花落径深空。
更放酣情芳处处。经绿野，揽仙踪。

水边丝竹醉融融，抹葱茏，更惊鸿。一瞬之时，樱语话春风。
柳雨烟妆凝碧草，纱万里，弄思浓。

江城子·清明

满山香笋满山茶，似灵芽，抹蒹葭。杨柳依依，隐约见栖鸦。
昨夜星辰今夜雨。风回处，敛流沙。

谁痴谁醉任奇葩，本无邪，奈何瑕。一捧尘缘，散尽叹幽遐。
落叶不遮坟上土。琴瑟转，已天涯。

江城子·谷雨

东风携雨翠微临，岭南霖，惹尘侵。珠露含香，几簇沁衣襟。
恋上杜鹃红一抹，何曾醉，醉中吟。

山前云雾几多沉？挂牵心，为何深？方寸之间，颦笑度芳音。
飞絮不明杨柳怨，安放处，水云心。

江城子·立夏

忽如芍药闹榴茵，且藏春，望云津。蝶簇花桥，欲捻柳丝琴。渡月流云斜照晚。青翠色，满庭欣。

理书清砚弄香薰，欲回神，却分神。眉目之间，万里寄心痕。暮雨潇潇仍不尽。诗墨里，见芳尘。

江城子·小满

蔷薇庭院竹桃墙，婉凝香，为谁香？万水千山，浓透一池塘。影落涟漪疏雨外，风抹绿，醉真狂。

野炊芦密晚风凉，淡梳妆，浅行廊。地远天遥，怎伴有情旁。柳上桥头飞絮乱，天地外，尚流芳。

江城子·芒种

墨云听雨月边晴，画中莺，伴琴鸣。孤雁空尘，妄自俗缘轻。西冷桥心堤岸柳，烟雨后，影吹笙。

无边风月自空灵，远成菁，近成莹。婉转悠扬，萧瑟可曾萦？欲卷心痕深几许？风过处，岁峥嵘。

江城子·夏至

晴空万里半天云，霁时晨，暖风熏。草色溪烟，蝉韵绕衣裙。
荷弄涟漪香弄碧，依曲岸，柳茵茵。

蜻蜓款款趣情真，近水鹑，远方人。万种风情，怎抵一凝神。
影落霞边晖落晚。丝竹调，惹芳尘。

江城子·小暑

荷风蝉径竹间蔷，蝶之忙，稻花香。寂寂西溪，一抹粉红妆。
夏木阴阴人隐隐，风过处，柳轻扬。

寻芳足迹扰鸳鸯，不及藏，影成双。人静心闲，幽享此清凉。
何处瑶琴眉上惋，心婉转，意苍茫。

江城子·大暑

百年闰夏热非常，理行装，去他乡。别样风情，别样一南邦。
古镇高湖山上雪，仙境里，水云旁。

烟山曲路几回廊？百花香，绕雕窗。不问前尘，今世尽奔忙。
绕指深情柔似水。茶马道，有多长？

江城子·立秋

千般秋色万般情，草吹笙，水抚筝。无意抬头，天际异常青。
目尽雄鹰舒远碧，云翼敛，在高穹。

神山圣水话峥嵘，转山铿，诵经兢。坠落人间，都是慧心灵。
指缝游离皆永远，谁辗转，亦茕茕。

江城子·处暑

蝉声渐远蝶花间，水沉烟，月漪澜。无尽荷香，依旧绕兰船。
谁踏船歌杨柳外，风缓缓，漾池莲。

红枫最是惹人怜，忆当年，盼今年。多少繁花，怎抵那嫣然。
笑问他乡何处好？当夕照，在家闲。

江城子·白露

浅秋别样雨中天，净空寰，远云端。缓缓秋音，缥缈水云间。
草木晶莹生玉露。秋水色，漫江山。

桂香隐隐绕窗边，染襟前，又垂肩。月下闻秋，何事却凭栏？
又见溪边飞叶落，回眸笑，意阑珊。

江城子·秋分

桂香款款桂芳菲，伴晨曦，弄西晖。云淡天青，湛碧到天池。千级阶梯云顶外，风怎劲，不涟漪。

万山林海渐红时，你秋思，我相随。沟壑深深，相望亦相依。吹罢南风临北水。才转瞬，便相思。

江城子·寒露

一枚清露叶尖居，婉清舒，跳涟珠。击碎恬澜，撩动水中鱼。杨柳随风抬眼笑。悠着点，尚急无？

流莺软语耳边迁，绕花芦，转溪桴。抛洒悠扬，声远韵虚徐。煮字无心成小令。轻卷叶，不携污。

江城子·霜降

残荷舒卷伴浮萍，柳丝青，鹊声萦。帘外兰香，竹径翠遮亭。红粉芙蓉徒自艳。临水岸，胜寒琼。

染秋风雨染秋荣，草盈盈，舞江汀。点点红枫，着意抹心情。慵懒缠绵情绽放。光阴皱，送瑶笙。

江城子·立冬

不知时已至初冬，晚来风，暖烘烘。薄裤纱衫，曼妙蝶飞东。一笑回眸倾万里，尘不染，意朦朦。

闲时邀友话情浓，醉红枫，隐芳踪。小径缠绵，碎步度时空。莫怪流莺连曳影，思难了，念无穷。

江城子·小雪

卧听一夜叶纷飞，落清溪，露相随。月影无踪，却把水纹依。轻整青丝梳洗懒，窗外雀，镜中眉。

已闻北雪弄冬姿，待何时，向南来？逝水流年，往事已难追。伞下徘徊凌乱影，街心雨，总沾衣。

江城子·大雪

红枫已度万重山，碧云天，望无边。雪待梅香，却让海棠欢。红粉山茶仍楚楚，清风动，乱帘弦。

婆娑尘世问云端，即青莲，水何寒？掠影浮光，缥缈聚人间。一缕青烟挥不去，经竹径，欲参禅。

江城子·冬至

霾浓冬至满城烟，问云端，总无边？土脸灰头，时有喘来缠。不敢出门微信聚，才知道，漫青川。

此时也有趣相穿，写诗篇，把词填。沏上香茶，细细品茶烟。围坐灯前包饺子。凭你笑，我不言。

江城子·小寒

山茶盛绽绕青溪，染青衣，粉溪堤。细柳纤纤，曲水浣云低。款款香尘尤隔世，如细雨，乱冥思。

年年盼雪雪无期，北风吹，皱塘池。弹落飞花，依旧枉凝眉。一鹤冲天惊水岸，回首处，草葳蕤。

江城子·大寒

幽兰深谷可知寒？冷风湍，冻枝残。月半人稀，惶恐怎能瞒。灯下孤单清影瘦，心暗叹，奈何安。

庭中月季漫窗边，笑侬顽，万千端。霜剑风刀，依旧一花仙。骨秀肌香冰雪慧，终不改，寸心丹。

四、鹧鸪天

鹧鸪天·立春

犹见冰凌挂雪檐，暖波缓缓漾江南。喜闻年味真真切，书稿重重桌案淹。

窗外柳，尚纤纤。云飞水静竹风憨。茶香满室无来客，挑罢花心漫卷帘。

鹧鸪天·雨水

香风花雨湛碧天，漪柔莺啭柳叶欢。天鹅黑羽随波舞，春弄罗裙衬玉兰。

烟淡淡，晚茶闲。春深近溪远青山。痴人牵梦潇湘影，隔岸悠悠水宛莲。

鹧鸪天·惊蛰

春雨仍寒三月初，深浓浅淡一摞书。轩窗勾起纱帘角，几朵桃花自卷舒。

山外雪，尚消无？暖风忽入弄裙裾。眉心婉转何须问，抖落思痕字迹糊。

鹧鸪天·春分

千翠不如一字春，浅红深粉草茵茵。雨携香软风携韵，万里江山几处新？

花舞影，落缤纷，欣然一笑化为尘。竹风梅影船头调，浅浅深深仍是君。

鹧鸪天·清明

惨淡苍穹凌乱星，丝丝寒意骨中生。坟头杂草遮烟火，远处青山隐竹笙。

安放处，影尤萦，时时梦里确曾经。音容笑貌依稀在，隔岸桃花飞入亭。

鹧鸪天·谷雨

翠沁窗纱碧染衣，梅灯花影月光溪。桥头青石纤纤柳，伞下红唇步履迟。

松竹径，叶相依，回眸欲觅眼中痴。别来多少心中话，浅笑无言对酒思。

鹧鸪天·立夏

紫蝶翩翩花语香，叠云飘阁月幽窗。茶烟翠透纱帘外，袖底荷风溪水狂。

留不住，去匆忙，心中隐痛有多长？星光点点疏疏影，一抹深痕眼底藏。

鹧鸪天·小满

芍药庭前带雨羞，雀鸣婉转为谁愁？天边飞落千层絮，万丈红尘何处收？

轻叹息，慢回眸，白云依旧绕山悠。人间几度春秋后，试问真情尚可留？

鹧鸪天·芒种

吐露垂芳栀子花，轻舟斜渡弄琵琶。梅灯小径幽幽草，紫蝶翩翩格外佳。

闲捻盏，啜云茶，凝神思久透烟纱。眉心眼角痕深几？散落银丝满鬓华。

鹧鸪天·夏至

寂静幽荷初散芳，蛙声虽远亦临窗。此时深绿浓千万，雨过天青古柳旁。

梅子小，蔓藤长，石榴红尽半边江。青丝乱扰情思处，眸底清泉宛宛双。

鹧鸪天·小暑

蝉寂林深夏未迟，风荷粉醉舞尤痴。未曾拂去心中暑，扑面蒸腾炽更煨。

丝竹调，惹涟漪，无风无雨却空思。案头闲坐寻文字，且唤清风共此时。

鹧鸪天·大暑

小径蝉声知夏深，芙蕖待雨诉芳心。池边人影不曾懂，鲜艳之时难再寻。

天地外，续光阴？终归过客觅云音。风风雨雨谁人问，何必凭空论古今。

鹧鸪天·立秋

蝉泣荷沉知是秋，云停水镜岸边舟。莲裙露跳涟漪动，惊起思痕落眼眸。

帘半卷，慢回头，平添溪水一层愁。青山依旧千分绿，可有花香抹月钩？

鹧鸪天·处暑

诗里荷香有几多，清秋荷影舞婆娑。柳丝不隔亭风远，西下斜阳听牧歌。

天地外，瘾烟萝，红尘千古暗消磨。客行何处不嫌晚？九曲钱塘万里波。

鹧鸪天·白露

瑟瑟蝉声叶始黄，桂香隐隐透轩窗。秋痕处处凝为露，不染纤尘入梦乡。

青黛瓦，白灰墙，沙沙杨柳伴思旁。无心去问身边事，牵挂依然是远方。

鹧鸪天·秋分

破晓秋风已觉凉，满庭玉桂洒秋香。芙蓉曲岸摇光影，草木深深叠翠双。

帘半卷，雨临窗，托腮不语在君旁。回眸欲觅芳菲印，云外青山一抹黄。

鹧鸪天·寒露

玉露偏逢桂雨飞，芳馨阵阵迹依稀。溪边花下痴人醉，一捧花香君可知？

天尽处，有香随？别来风雨更相思。满山红叶纷纷落，已是秋风秋雨时。

鹧鸪天·霜降

丹桂初霜一叶秋，远香近馥绕金丘。芙蓉一脸盈盈笑，柳下悠悠那扁舟。

溪下月，入清眸，芦花雪岸乱深洲。残荷白鹤涟漪影，拾景听花可罢休？

鹧鸪天·立冬

惊见山茶漫径庭，秋深凝露弄娇盈。风飞柳叶悠悠曳，深草丛中一鹤萌。

空念远，更牵萦，来时无迹去无形。冬来秋去情依旧，不负青山万里晴。

鹧鸪天·小雪

雪信无声落北疆，江南秋色始临窗。天青水净霜花叶，柳翠枫红银杏黄。

风细细，一痕香，回眸一笑度芳塘。藕心纵有千千结，试问来年丝更长？

鹧鸪天·大雪

冷菊霜微别样嫣，红枫依旧艳蓝天。徐徐风送轻帆影，淡淡烟氲湖水寒。

风舞叶，话缠绵，疏林摇坠万千言。红尘一任飘无尽，一抹相思落入笺。

鹧鸪天·冬至

满径山茶寂寂开，霜寒雪雨自不衰。不争春艳及秋色，一脉心香常寄怀。

风雪后，愈清佳，芳馨婉转莫能追。风裁数朵阶前落，更有千层染雪腮。

鹧鸪天·小寒

小径梅香隐隐斜，皱池风影弄蒹葭。汀烟水月霜花叶，几许深寒寒到牙。

云海处，望天涯，鸥帆点点透轻纱。香丝隔岸听初雪，眸外缠绵雨漏茶。

鹧鸪天·大寒

飞雪银眸半卷梅，玉山漾水一痕漪。琼芳欲觅仙踪影，浅笑盈盈悄上眉。

休追问，为何痴，白头从此共天涯。聆听四季姗姗过，却是匆匆岁月时。

五、浣溪沙

浣溪沙·立春

除夕之时巧遇春，山间小隐惹梅芬，隔墙风动弄禅魂。
窗角横斜分一缕，凝香疏影半倚门。云山青外雪无痕。

浣溪沙·雨水

顷雨天街可载船，坑洼泥泞履蹒跚，高低深浅扭腰酸。
伞下湿衣沾冷露，落梅满地惹无端。一丝烟绿柳间缠。

浣溪沙·惊蛰

浅影深寒归雁迟，桃花有意惹清溪，岸边款款可知谁。
弄柳闲尘轻点绿，翠烟一抹袖间思。无端婉转上蛾眉。

浣溪沙·春分

春俏枝头柳舞烟，裙风袖雪弄腮妍，香痕载笑惹凭栏。
曲径深溪疏影岸，潺潺声远伴船闲。谁人纤指拢琴弦？

浣溪沙·清明

叶李玉兰月下灯，鸥帆海角晚来笙，书香案几沏茶声。
墨迹随心三两笔，刀光剑影可听筝。窗前一影更呆萌。

浣溪沙·谷雨

青瓦海棠树上云，天边山影树边村，回眸一瞬即乾坤。
岁月揉搓千百事，可遗几味耐人津？落花飞满石边裙。

浣溪沙·立夏

细雨滴红惹杜鹃，携红姹紫更鲜妍，回风点点透红烟。
水远山长皆更绿，墨深笔浅奈何篇。谁人一笑抹朱颜？

浣溪沙·小满

红劲夏初非石榴，不知青杏漫山丘，窗前栀子弄香幽。
树下翻书纤指舞，花飞落梦几分留？柳边戏水鹤悠悠。

浣溪沙·芒种

窗外柳浓浅夏深，涟漪荷叶露翻沉，水心菡萏惹蜻蜓。
亭榭莲风花载语，纱裙舞蝶更缤纷。溪边浣影扰禅门。

浣溪沙·夏至

心事随身去远方，夏花依旧挂轩窗，抬头懒语看他乡。
思绪无痕爬满月，苍穹之下影苍茫。情牵梦绕恰身旁。

浣溪沙·小暑

一夜雨清万木茵，夏风一抹指尖痕，回眸笑尔恋红尘。
可有香丘仍远处？终归不见葬花人。柳丝依旧弄思奔。

浣溪沙·大暑

深夏悄然挂树梢，白云隐隐与蝉聊，清风何处躲猫猫？
伞下悠悠悠倩影，荷边岸柳舞随腰。远山青翠有多高？

浣溪沙·立秋

蝉喧碧空万里秋，荷香风粉闹莲舟，桥边柳叶一弯眸。
亭榭凭栏怀古意，但听逝水向东流。新凉一抹遣千愁。

浣溪沙·处暑

天外飞云自远游，层峦起翠几时休，涟漪拍岸扰清幽。
花海丛丛开几度？茶香一缕惹回眸。朱门帘下指尖柔。

浣溪沙·白露

白鹤停游曲岸风，蜿蜒小径柳边枫，美人蕉下钓竿弓。
清露凝霜秋色里，花馐花酝雨弥空。桂香染处更葱茏。

浣溪沙·秋分

卷指芙蓉卷蘩荷，桥头柳绕岸边鹅，追风桂雨惹思多。
款款谁人依伞下，轻舟飐飐绕秋河。徜徉晚照唤笙歌。

浣溪沙·寒露

玉桂香痕沁露浓，窗前院角影无踪，山深水远醉苍穹。
凝望轻云舒卷意，岸边堆柳舞秋风。相思一点抹红枫。

浣溪沙·霜降

香扣门楣玉桂柔，石桥亭角月幽幽，轻寒初度水中洲。
隔岸窗前灯下影，残荷依月伴西楼。泉琴瑟瑟漾清流。

浣溪沙·立冬

秋叶纷飞飘过窗，无端心事系行囊，行风踏雨过荷塘。
断叶残枝抛旧事，他朝明媚待荷芳。芙蓉戏蝶柳间忙。

浣溪沙·小雪

岸上秋红水上莲，暖风弄柳惹心弦，眉随飘叶舞翩跹。
一瞬万千皆婉转，涟漪画舫暗缠绵。山茶花蕊戏芜烟。

浣溪沙·大雪

飘雪不期挂秀峦，霎时千古到江川，拥红倚翠伴潺澜。
虽入初冬天地慢，沉浮依旧眼眸间。菊香伊始闹深寒。

浣溪沙·冬至

金柳沿河曲水长，山茶已盛闹冬忙，偶然飘叶落桥旁。
不见水中仙鹤影，风云依旧绕轩窗。那端饺子最留香。

浣溪沙·小寒

寒雨不知何日终，涤清尘世万灵空，江南烟雨柳丝中。
伞下谁人悠踱径？蜡梅伊始闹苍穹。风笺花语隐仙踪。

浣溪沙·大寒

雪度江南古韵回，千年水墨一枝梅，轩窗风外落香时。
画舸闲溪桥底洞，一痕飘叶婉妍飞。水流山叠夕阳迟。

六、行香子

行香子·立春

　　水漾梅丛，雪影无踪。叹时光，已破寒冬。春携细雨，着意葱茏。点一溪温，一山暖，一林红。

　　嫣然一顾，春芳刹减。笑语萦，步弄云松。凝眸眺望，无尽天空。伴漫天花，漫天雪，漫天风。

行香子·雨水

　　万里云轻，溪畔流莺。花海声，起落春惊。涓涓流水，千树飞樱。见寻梅人，弄梅笛，踏梅笙。

　　扶风翠柳，悠然鹤舞。醉春风，惹了芳琼。凝眸远处，一袭香馨。看草坪处，小童笑，放风筝。

行香子·惊蛰

　　春色无边，野径桃妍。白梨花，绕柳嫣然。清波影动，点点幽兰。步桥头柳，岸边石，水中莲。

　　忽闻香迹，回眸寻觅。那蔷薇，满架蜿蜒。回身驻足，难掩唇弯。忍心中痴，脸上醉，指尖欢。

行香子·春分

　　已过深寒，溪水微澜。柳抽丝，翠青山峦。藤爬亭榭，李盛桃繁。正满庭芳，满江粉，满川妍。

　　东风款款，飞花漫漫。醉煞人，恣意悠闲。十分春色，莺燕齐喧。顾梅花幽，桃花艳，李花嫣。

行香子·清明

　　才道春迟，却已芳菲。唯海棠，迎雨垂丝。群芳羞涩，占尽风姿。似肌肤细，胭脂腻，胜于瓷。

　　采茶时节，轻烟微雨。沐晨曦，陌上青漪。农家衣袖，玉手翻飞。那兰花指，似蝶舞，挑芽旗。

行香子·谷雨

　　芍药牡丹，红浅团团。蝶子恋，甚是堪餐。余春未尽，尽绽芳颜。问花期后，侬何去？是何仙？

　　忽闻急雨，千层翠韵。万叠山，醉看岚烟。远听布谷，近赏微涓。看晴时雨，雨时雾，雾时川。

行香子·立夏

水远天深，柳浪升沉。石榴红，独舞幽林。那边白鹤，奇质颇琛。赏窗前竹，竹风翠，翠鸣琴。

行踪依旧，书闲案几。键曾经，默默听音。茶烟袅袅，欲度兰心。拣一花瓣，一思绪，一光阴。

行香子·小满

水上人家，山里枇杷。竹筏漂，流入汀沙。鱼飞浪舞，云起烟纱。恰船头游，手中桨，水间蛙。

捧书柳下，蝉声不扰。指尖抬，掸落榴花。清风识字？随性翻查。抹一痕尘，一丝发，一杯茶。

行香子·芒种

夏夜清凉，藤蔓爬墙。萤火虫，可在村乡？云遮华月，水浣波光。叹风奔走，雨挥洒，路人狂。

光阴庭院，闲情草木。露晶莹，滴翠回廊。隔帘听雨，点上熏香。且枕禅榻，微眯眼，沐流芳。

行香子·夏至

窗外芭蕉，染翠轻绡。隐纤尘，蝶绕荷苞。藕花菱角，露草青蒿。拢紫中情，翠中韵，粉中娇。

清闲无事，厨中小艺。水果餐，坐后闲聊。轻旋小扇，别样逍遥。摆杨梅酒，西瓜冻，凤梨糕。

行香子·小暑

水镜蝉鸣，树静风宁。一江云，奔驰纷争。拱桥烟柳，落叶成萍。就挑眉愕，回眸望，转身听。

临窗思暮，悠悠天地。问月时，万种风情。波中摇影，澹澹青灯。对青花瓷，千古事，满天星。

行香子·大暑

似火骄阳，暑盛荷塘。菡萏粉，透碧凝香。莺蔫雀懒，暖水鸳鸯。那鹤无影，蝉声紧，蝶飞忙。

午间小憩，刚闻急雨。又火云，低至房梁。晨帘难卷，暮晚难凉。想摊双手，抛千事，理行囊。

行香子·立秋

暑意才消，落叶轻飘。雨连天，溪水连桥。芙蓉坠露，更绿芭蕉。刹唐时韵，宋时雨，汉时骚。

疫情正盛，闲时键字。滴答中，不问喧嚣。人间烟火，四季思潮。涌随长风，伴流水，上云霄。

行香子·处暑

虽已初秋，暑盛无休。花瓣雨，乱影幽幽。茕行树下，惹尽思愁。弄掌中纹，眉心字，指尖丘。

凝眸抬眼，青岚无尽。万里空，几许云游。真心不忍，满地花留。去捧其身，埋其骨，断其忧。

行香子·白露

秋雨无声，窗外流莺。荷塘静，月染溪汀。柔风款款，浅水盈盈。正画芙蓉，描菡萏，点浮萍。

凝思趋步，桥头看柳。芷兰香，淡淡牵萦。花间蝶舞，水岸长亭。那竹林深，街灯小，远山清。

行香子·秋分

晨送清凉，晚拾芬芳。虽不见，枫叶缠塘。惊鸿飘叶，忽舞人旁。即立身思，回眸看，仰头伤。

湖风浣月，随听蝉喧。小偷闲，窃笑仍忙。亭栏院落，桂子初黄。更隐丛中，惹沉醉，暗浮香。

行香子·寒露

一叶红枫，飘洒空中。轻沾露，弄竹依松，山河无恙，岁月朦胧。对一杯茶、一笺纸、一痕风。

人间烟火，无非四季。刹那间，即入初冬。恍如昨日，酒醉情浓。看眉心乱，灯心短，寸心空。

行香子·霜降

柳叶浮舟，碧度朱楼。山色掩映水长流。芙蓉弄影，又乱深秋。却一分寒，五分古，九分柔。

红芳碧意，华妆尽染。枫浓竹晚惹清幽。无边风月，最是难留。念那弯月，那双手，那离愁。

行香子·立冬

正品秋浓，叶落初冬。桂雨时，柳弄葱茏，涟漪行曲，缥缈仙踪。见山依水，水依岸，岸依风。

江南时节，葳蕤依旧。裙裾舞，笑点芳容。江汀闲鹤，斜岸苍松。度林间径，径外草，草边枫。

行香子·小雪

绕柳红枫，桥底乌篷。水映天，天远云东。漾漪舟荡，弄影玲珑。却兴无限，情无尽，意无穷

围炉笑坐，轻斟小酒。百事盈，香暖杯空，人间烟火，窗外梅松。染一廊黄，一林碧，一溪红。

行香子·大雪

碧柳红枫，雪信无踪。江南岸，水暖西风。照花清影，知酒深浓。醉窗前月，街心雨，夜笙冬。

竹弦弄笛，悠扬舒卷。曲曲柔，水调穿空。山茶惊梦，桥底红枫。弄指尖香，柳间雾，岸边松。

行香子·冬至

水漾孤舟，晴雪寻幽。岸边柳，雨半烟收。隐香何处，风绕朱楼。叹花声细，月声远，梦声休

闲莺飘叶，随思婉转。淡淡痕，一抹轻柔。云端洒影，点点含羞。见浅凝眉，微颔首，懒回眸。

行香子·小寒

确感轻寒，已是来年。风动柳，落叶连连。枫红岸畔，竹翠晨烟。望碧沉蓝，蓝点紫，紫浮丹。

盈盈香迹，悠悠岁月。一痕思，挂在云端。如风似雾，隐入心田。惹鬓上霜，眉头绪，眼中澜。

行香子·大寒

叶挂寒光，冰抹轩窗。梅乍现，袅袅尘香。环肩绕髻，点水萦塘。觅行无踪，痕无迹，影无狂。

纤纤指印，随思浅泯。下午茶，何必匆忙。唇边滋味，岁月悠长。赏桌间花，云边月，镜中妆。

七、一剪梅

一剪梅·立春

春浅寒深万树梅，浣碧青云，水影香来。灯边小径曲风回，缓步循声，探趣闲鹅。

静月幽宅躲疫期，炉灶风情，滋味盈杯。指尖轻触几多思，浅淡深浓，辗转成湉。

一剪梅·雨水

雨碧千山万树花，案几书香，照影闲茶。眉梢眼角任由他，昔日风云，一字勾划。

柳外黄鹂阁外鸦，婉转莺声，何处琵琶。远云沉月渐西斜，飞絮随风，去至天涯。

一剪梅·惊蛰

烟雨春深处处梅，万木葱茏，皆始惊雷。亭风小苑岸边祠，墨瓦黄墙，寂掩禅思。

高髻白衣款款谁，浅笑嫣然，顾盼逶迤。心痕花迹绕烟湉，九曲三回，万缕千丝。

一剪梅·春分

　　燕子柳间婉转飞，正是春浓，春意深回。海棠依旧闹垂丝，万粉花期，花雨萦溪。

　　墙外枝头翘楚梅，淡淡疏疏，寂寂依依。朱门深锁一帘梨，别样清幽，半卷书眉。

一剪梅·清明

　　叶李应约点点芬，簇粉环溪，天远云深。船游荡桨碧波新，载满相思，浣入花魂。

　　风漾时光水漾尘，柳影徘徊，落絮扑人。回眸已是万千痕，曲曲弯弯，沟壑嶙峋。

一剪梅·谷雨

　　紫竹幽兰杜李芳，柳岸琴溪，曲水临廊。澹花空翠绕春江，野鹤闲云，竹笛依廊。

　　风卷花魂雨卷香，一路风烟，远影萦窗。青澜伞下一红妆，涤浣纤云，漾过方塘。

一剪梅·立夏

雨后芭蕉柳后汀，古径林荫，湛碧天空。入怀明月伴街灯，树影婆娑，盏乐杯笙。

想牧云霞九万风，半阕心声，下笔如倾。寻香蝶翼舞轻盈，满院蔷薇，入夏蝉鸣。

一剪梅·小满

溪畔青梅浅草萤，婉转清眸，留恋蜻蜓。石榴架下椅边藤，可是风铃，阵阵花声。

指缝茶烟鬓角萦，唇齿生香，一盏柔情。转头且问几多情，细水涓涓，绕过浮萍。

一剪梅·芒种

柳曲街灯眼角芦，鹤倦桥头，步弄云湖。莲珠欲跳海山图，怎奈离离，滚动痕无。

一绪冲开天地壶，偶尔棋声，竹影闲居。何人远去惹沉浮，指上风情，淡墨浓书。

一剪梅·夏至

　　浅夏街深暮雨霏，窗外滴答，树后蝉嘶。杜鹃开后石榴菲，一季殷红，碧露垂漪。

　　浓淡阴晴几阵雷，抛闪闲愁，沥沥渐渐。无端提笔欲填词，何处香澜，风卷残思。

一剪梅·小暑

　　阴雨连绵无处晴，枕雨听更，滴漏深庭。匆忙步躲跳珠声，嬉笑无端，趣味横生。

　　一缕柔心万种情，抹去尘痕，锁住云笙。入怀风月几芳馨？竹影庭栏，缥缈空灵。

一剪梅·大暑

　　小扇莹风蝴蝶泉，菡萏飞蜓，柳舞青澜。纱裙素袖水边莲，乌发蛾眉，浅笑嫣然。

　　许你回眸一瞬间，万种风情，浅笑嫣然。流莺妙啭对云山，淡淡浓浓，烟火人间。

一剪梅·立秋

秋信轻轻吻叶飘，杏始黄秋，窗外芭蕉。远山滴翠近漪摇，
梦里烟山，伞下窈窕。

荻影婆娑芦苇梢，碧水湾湾，乡里歌谣。飘香之际满庭萧，
萦袖风澜，柳浪岚桥。

一剪梅·处暑

蝶韵禅琴桂雨浓，柳岸船歌，檐下灯笼。纱裙斜伞伴朦胧，
指上飞弦，袅袅千红。

心静随思浅影匆，眸底深深，深意无穷。风铃唤作枕边踪，
窗外芭蕉，藏月杯中。

一剪梅·白露

晨露凝寒泛翠华，隐隐约约，谁挑琵琶。空山等月入杯中，
一室花香，静候云霞。

手托香腮懒弄茶，窗外灯潮，笑对天涯。任思放肆任思流，
过往云烟，宛若扬沙。

一剪梅·秋分

期盼风携一季红，漫过青澜，抹上秋风。霞云浮妒几分残，桂雨飘时，蟹卧蒸笼。

不见莺声喋柳丛，婉转兰舟，尽染思浓。人间过客本匆匆，不扰纤尘，来去无踪。

一剪梅·寒露

柳岸芙蓉曲水桥，远望含羞，近看含娇。香风金桂露轻摇，竹苑悠漪，石凳闲鹤。

酒巷深香曲径寥，古榭朱栏，叶影翻飘。窗纱缱绻倚帘腰，左侧轩眉，右角花猫。

一剪梅·霜降

卷叶西风卷叶霜，叶舞秋时，满地金黄。幽深竹径一方塘，谁弄涟漪，漾漾波光。

瞥见徐徐婉转香，浅浅回眸，敛黛彷徨。横斜秀影半依窗，刹那芳华，各自双双。

一剪梅·立冬

　　窗外晴岚欲锁秋，不见花形，却把香留。回眸笑懒手扶头，茶淡思深，竹影清幽。

　　一字难书天地悠，岁月蹉跎，逝水东流。城南旧事笔难勾，撇去其忧，捺去其愁。

一剪梅·小雪

　　雪约无期秋更深，柳岸江南，红抹枫林。他乡山水确难寻，来去匆匆，憾至如今。

　　一夜听风知雨临，雕碧寒来，渐感冬阴。街边小果特甜馨，未罢一枚，已念他心。

一剪梅·大雪

　　雪影虽无彻骨寒，素裹苍穹，仍现秋澜。今冬一别绝云端，回首烟波，过往珊阑。

　　霾锁京城飘叶残，心事成风，倾雨云宽。余晖血剑绕山峦，凌乱心漪，阵阵吟酸。

一剪梅·冬至

东海听涛到古都，雨入长安，密密疏疏。曾经檐下捧闲书，竹共松笙，婉转烟芜。

雁字横空秋影孤，天际云声，淡卷微舒。徘徊崔弄水边芦，不见飞尘，但遣愁无。

一剪梅·小寒

鹤舞江汀柳始枯，草色青青，古渡飞芦。丹枫飘尽野香无，冬语寻寒，暖翠轻舒。

一指禅烟日月壶，盈满将空，左右皆无。红尘万事但凭书，方寸之间，竹舍闲居。

一剪梅·大寒

春意零星落早梅，冷雨虽寒，青草葳蕤。香栾隔岸水波随，点点轻黄，枕石听漪。

已倦出行更告谁，无奈孤鸿，逆旅心衰。灰霾冠状本迷离，更漏穿帘，月影依稀。

八、相思引

相思引·立春

飞雪寒风凋玉门，幽香细迹一梅痕。枝头雀啭，雪色也争春。
手挑幽帘晨夕远，远街院角各行人。人间烟火，缭乱眼氤氲。

相思引·雨水

淡色天青沁远岚，深寒竹径落梅帘。花笺欲寄，枝曲绣飞檐。
谁拢琴弦何处去，哪枝玫瓣不惊凡。香魂飘散，刻骨入冰簪。

相思引·惊蛰

春到江南见玉兰，阳光无际已无寒。樱花树下，猫懒卧篱栏。
裙舞清风衣舞暖，手追花影发追欢。谁扬笑意，飞落满人间。

相思引·春分

庭院樱花满树丫，桥头丝柳已抽芽。清澄空碧，碧水远蒹葭。
入画春姿风落笔，居仙水墨迹游花。芬芳处处，飞絮到天涯。

相思引·清明

杨柳青青絮绕河，亭风隐隐水浮鹅。紫藤垂钓，但等踏船歌。
远望青山茶树叠，回身小径笋尖多。凭栏人是，思忆可婆婆。

相思引·谷雨

含笑香浓美女樱，蔷薇粉挂一溪藤。天边小雨，露滴草盈盈。
周末闲从花里度，平时忙自事缠萦。寻芳弄水，尽享那安宁。

相思引·立夏

初夏听春尚漫丘，清溪载水泛云舟。蔷薇摇曳，绽放且难休。
小径荫深花探路，丛林转角鸟窥幽。人间美好，何必惹闲愁。

相思引·小满

泪洒云天化作思，痛凝沧海汇成词。一颦一笑，聚笔入心眉。
花已飘零无处觅，风追人影愿相随。回眸望月，怎解此生痴。

相思引·芒种

笛伴笙追洒泪痕，心沉情葬忆斯人。青山无语，沧海卷纤云。
一字一思因想你，千词千鹤折深焚。有谁翻动，入骨痛飘尘。

相思引·夏至

一脉心香流绕君，千般情意化成尘。小词难尽，别后众思痕。
桌案伏悲含痛写，灵前洒泪折心焚。万家灯火，一盏伴清魂。

相思引·小暑

轻卷纱帘不掩门，留灯欲等伴香魂。风中玉烛，滴尽泪残痕。
夹竹桃墙勾旧忆，回眸疑是念中人。晴空万里，不染一丝云。

相思引·大暑

获悉今天你渡河，不知隔岸景如何。毋须回看，唱起踏船歌。
写个小词来送别，含悲忍泪望清波。从今以后，想你站山坡。

相思引·立秋

水远山青别样心，思兰绪芷奈何琴。七弦谁弄，院径竹林深。
陌野无声烟几处，风云变幻指端阴。一枚棋子，难落至如今。

相思引·处暑

千古时空几本多，茶香绕指品山河。无心坐捧，随意滴苦荳。
端笔挥毫涂世界，松风竹笛眼中何？凝神思量，一轴送瑶歌。

相思引·白露

风系清凉时至秋，云流水色岁无休。一痕飞叶，婉转入
谁眸？
月夜雨声敲石凳，门灯凝露湿田畴。窗花不敌，枕榻不
眠愁。

相思引·秋分

小径才闻桂度香，转眸寻望一丛芳。不施粉黛，却让众菲慌。
一怒荣秋无间断，谁家不惜惹尘窗。相思抖落，满院是悲伤。

相思引·寒露

期待红枫画石桥，已惊银杏漫天飘。窗前云雀，对唱跃枝梢。
烟雨清秋陈翠意，燃香丹桂洗笙箫。荷残柳老，隔岸美人蕉。

相思引·霜降

银杏红枫绕小楼，芦花丝柳舞轻舟。草丛飞鸟，隔岸惹清眸。
踱步桥风身款款，漾莲漪碧桨悠悠。凝眸思挽，野渡滞闲愁。

相思引·立冬

雪入诗文可有时？芦花鹭羽伴云溪。碧丛银桂，月下送香迟。
昨夜风霜花叶素，玉桥枫柳故人姿。霓虹飞絮，等你九分痴。

相思引·小雪

素影衣裙玉带峰，欲寻香桂已深冬。门前银杏，摇曳叶垂空。
夜半校园灯火更，月华穿柳阁朦胧。时艰之刻，万众且从容。

相思引·大雪

桂绕楼灯二度香，鹤惊船客一方塘。寒烟笼碧，水月伴霜凉。
欲寄云笺询雪信，旦追风影弄苍茫。蒹葭衰草，零落也芬芳。

相思引·冬至

一夜寒风雪卷舒，西溪两岸竹和芦。宵灯壁火，圣诞乐声徐。
万里星空垂海晏，一轮清月浣湖珠。隔窗远影，伴作枕边书。

相思引·小寒

梅度江南香任裁，云推溪水暖青苔。帘遮半月，茶绕手撑腮。
昨夜雨声敲睡梦，枫桥柳岸掩书斋。校园灯下，远月入心怀。

相思引·大寒

风卷闲心九寨云，斑斓静谧度山门。松山雪漫，天远亦无尘。
只道仙山花月好，风光颜色未听闻。人间不老，此景触香魂。

九、长相思

长相思·立春

梅香川，雪漫川，梅雪惊尘似古穿。溪汀鹤顶寒。

这些年，可千年，隔岸呼来风雨船。逸心凭等闲。

长相思·雨水

双飞檐，角翘檐，飘雪廊檐枕木楠。茶烟冉冉甘。

探云岚，望晴岚，雨洗苍穹青洗凡。果瓜谁更甜。

长相思·惊蛰

轻纱帘，半卷帘，春雨无关滴答檐。青山更翠南。

笋芽尖，柳芽尖，水映桃花谁会嫌。院深芳草纤。

长相思·春分

径一条，柳千条，桃粉樱琼柳碧桥。山茶格外娇。

百香淘，动情淘，不舍芳菲无奈抛。步悠裙摆飘。

长相思·清明

飞絮时，采茶时，青绿禾苗水影移。藤依客舍莓。
宛如思，因君思，举目凝眉曾与谁。弄风无限痴。

长相思·谷雨

美人蕉，凤尾蕉，仍见窗前小辣椒。春深柳弄娇。
海天遥，寸心遥，万水千山音信遥。往来风任飘。

长相思·立夏

树婆娑，影婆娑，无比青青翠到河。书舟漾畔歌。
蝶穿梭，思穿梭，想你无端愁绪多。夜深听水波。

长相思·小满

悲难流，泪难流，宁愿因君岁月偷。青烟一缕游。
可回头，无回头，一眼千年何必休。月华随影留。

长相思·芒种

想你时，念你时，千鹤千词写尽悲。人间怎度痴。
此生思，来生思，万种情缘何必迟。此心能寄谁。

长相思·夏至

夏天风，染思风，风影无踪处处踪。回眸觅笑容。
念君浓，思君浓，小令含愁何寄空。转身垂泪汹。

长相思·小暑

何处琴，处处琴，空谷幽山碧海林。闻君爽朗音。
望云寻，隔窗寻，梦里千回无影临。案前幽怨心。

长相思·大暑

夏日空，枕星空，思绪飘摇任随风。心情起落中。
水无穷，山无穷，梦里皆为君笑容。若非情意浓。

长相思·立秋

对青茶，思漫茶，窗外天边一片霞。深心一半疤。
望天涯，无天涯，野草无边藤蔓爬。眼前千丈纱。

长相思·处暑

梦如初，桂来初，风刻时光任意涂。人生一本书。
雨声疏，故人疏，竹笛松风心念居。影深无处无。

长相思·白露

半江云，入流云，风絮无边雨洗尘。初秋弄景新。
叶纷纷，念纷纷，望断天涯萦梦魂。影深深锁痕。

长相思·秋分

人间秋，几度秋，楼外残云月影幽。江河水自流。
梦悠悠，思悠悠，柳绕桥头风不休。翠寒花冷愁。

长相思·寒露

不觉秋，已深秋，秋雨秋风淡淡愁。田园入画舟。
浅凝眸，婉凝眸，桂雨盈盈灯下游。暗香依旧幽。

长相思·霜降

无处霜，处处霜，花叶汀兰款款香。云霞共一窗。
月依墙，花依墙，树影婆娑人影长。错惊秋海棠。

长相思·立冬

山连根，水连根，漂泊居安济一身。东西不可分。
友情真，亲情真，有否渊源皆可珍。别时千里云。

长相思·小雪

不觉冬，忽觉冬，银杏残荷柳岸风。湖光潋滟瞳。
月朦胧，山朦胧，枕梦牵缠窗外枫。叶沾寒意浓。

长相思·大雪

草青青，柳青青，街角丛中桂再馨。波悠落叶萍。
翠竹笙，紫竹笙，婉转风吹冬叶橙。景佳瑶胜琼。

长相思·冬至

扶风谁，弄水谁，谁写春秋咏漫词。深深折叠思。
笛笙伊，琴声伊，婉转时空何为痴。一年霜雪时。

长相思·小寒

云卷舒，叶卷舒，烟拢船灯夜拢珠。风斜水畔芦。
手中书，枕边书，历尽时空不识初。菊花香竹居。

长相思·大寒

曲水街，细长街，弯到心头笑也呆。平添不尽哀。
越山崖，进云崖，曲折人生谁剪裁。管它难度猜。

十、钗头凤

钗头凤·立春

仍残腊，悠然鸭。雪声飞古斑斓塔。茅草屋，野鱼簇。小径蜿蜒，路边闲竹。逐，逐，逐。

梅香塌，雪无踏。赏梅难顾寒风恰。何人曲，荡山谷。仍是勾留，惹眉频蹙。簌，簌，簌。

钗头凤·雨水

梅花桨，香风巷。小舟沿岸穿深港。溪间坎，童心泛。踏歌嗤笑，笠鸥波潋。点，点，点。

悠悠舫，轻轻唱。水边烟柳涟涟浪。蓝天湛，白云淡。天地悠悠，可曾余憾。滟，滟，滟。

钗头凤·惊蛰

梅花弄，桃花洞，系船绳索随漪动。樱花雨，玉兰度，伴翠遥波，霎时千古。舞，舞，舞。

琴弦拢，笛笙送，搅匀春色无关梦。花之语，柳之絮，风雨人间，百芳齐怒。趣，趣，趣。

钗头凤·春分

樱飘雪，桃飞蝶，百花深处青青叶。梨花白，绣球碧，海棠红了，牡丹芦荻。画，画，画。

春千页，景堆叠，捧茶闲对玲珑月。风无迹，水无瑟，凝笛沉琴，不堪思忆。惜，惜，惜。

钗头凤·清明

新茶煮，香薰户，绣球依旧沿河吐。光阴荏，旧窗锦。抖落尘嚣，但留珍品。任，任，任。

花飞雨，柳飞絮，百花开落须臾度。调诗饮，枕词寝。书写风云，案头沉浸。沁，沁，沁。

钗头凤·谷雨

西溪水，深春卉。绣球含笑蔷薇蕊。蓝花布，采茶女。黛青山色，寺庄田墅。处，处，处。

千层翠，江南醉。雨丝轻滴风摇泪。听花语，看飞絮。询趣游郊，伴风寻露。度，度，度。

钗头凤·立夏

楼间菲，藤篱紫。不如初夏深深翠。云雀唱，涟漪漾。竹林听风，一泓清朗。畅，畅，畅。

身边事，远方你。共谁风月无边醉。轻摇桨，举头望。山水宽阔，浣清尘网。怅，怅，怅。

钗头凤·小满

青岚卧，溪声锁。柳随风舞姿婆娑。飞花乱，云舒卷。滴翠芳草，笑声萦岸。漫，漫，漫。

悠悠我，蝶飞过。树篱花语闲心坐。深情满，竹风染。茶烟盈袖，远山帘半。绻，绻，绻。

钗头凤·芒种

筝笙乱，琴弦断，眼前音讯呆呆看。深惊悚，恍如梦，昨日依稀，眼前翻动。痛，痛，痛。

伤幽卷，愁思满，不能相信君仙远。悲情涌，泪飞汹，环抱双臂，泣声横纵。恸，恸，恸。

钗头凤·立夏

愁随霎，无端闷。眼中情意词中韵。心空荡，枉思量。落笔悲萦，郁怀伤盎。怅，怅，怅。

时常问，有书信。泪飞笺纸无关恨。焚心葬，怎能忘。何处身影，不时回荡。惆，惆，惆。

钗头凤·小暑

繁花落，余香数。不留仙影丝丝索。追情脉，寻痕迹。叹望天涯，院深人寂。泣，泣，泣。

思长掠，梦无度。此生缘了情何错。心萧瑟，意萧瑟。词笺无声，卷帘无释。默，默，默。

钗头凤·大暑

荷塘角，池边阁。梦中缠绕船难泊。炎热溢，心萧瑟。变幻人间，不曾留客。惜，惜，惜。

曾经诺，已西度。耳边唇角相思著。灯前泣，远山夕。无端情痕，涌流心脉。忆，忆，忆。

钗头凤·立秋

青山静，珠帘映。暑天何必心凄冷。云轻淡，相思染。转眼天涯，眷情淹染。憾，撼，撼。

风中影，心中影。奈何凌乱无从等。神情黯，怠而厌。愁浓纷乱，几丝深嵌。念，念，念。

钗头凤·处暑

穿兰芷，依芦苇。蝶闲花暖香痕细。萦花圃，探江屿。叶飞风卷，卧听秋语。屡，屡，屡。

东流水，谁之泪。滴残更漏难堪睡。天边雨，伴些许。随云天涯，盼能相聚。顾，顾，顾。

钗头凤·白露

云天外，无尘界。转眸回望青山黛。长流水，弄芦苇。雁行长空，影随船尾。尔，尔，尔。

风光再，你无在，远岚秋好人仍怠。谁沉醉，惹闲泪。花落波急，叶花皆碎。逝，逝，逝。

钗头凤·秋分

临烟阁，闻轻啄。扭头寻觅香澜度。枝头鸽，眼频眨。桂花摇落，绕行无踏。沓，沓，沓。

端茶酌，有何错。不由回想曾经诺。谁收纳，绪纷杂。凭栏深思，怎逃情劫。恰，恰，恰。

钗头凤·寒露

桥头柳，湖心藕，画船横渡涟漪久。枫林后，莺声走，露滴残荷，鸭浮芦瘦。候，候，候。

山坡陡，竹笙漏，桂香萦鬓千般诱。低眉嗅，一樽酒，情牵何处，一池秋皱。抖，抖，抖。

钗头凤·霜降

湖边凳，青菱荇，雨丝飘落残荷静。红枫径，桂花兴，蝶绕芙蓉，粉樱惊映。景，景，景。

何人影，入何镜，惹香罗带犹仙境。西山岭，远空净，云过飞雨，伞遮眸炯。冷，冷，冷。

钗头凤·立冬

枫红紧，秋何尽，芷兰曾少初冬韵？根木菌，竹林笋，万物皆繁，紫蓝青粉。蕴，蕴，蕴。

当时吻，只残印，水流花瘦愁随鬓。无言问，有书信？风雨霜雪，了无音讯。恨，恨，恨。

钗头凤·小雪

桥头女，蒹葭絮，柳帘飘叶随风舞。红枫晚，万花伞，石凳残荷，藕芯丝满。眷，眷，眷。

盈盈语，悠悠步，桂香轻染纷飞雨。回眸看，已然远，青瓷茶炉，指弹烟散。乱，乱，乱。

钗头凤·大雪

梅香雪，寒侵骨。水连天际飞鸺鹠。山中竹，阁边菊。碧海听笙，案前凝目。馥，馥，馥。

红枫烨，琼芳洁。忽然思那秋风蝶。离人曲，腕间玉。勾起闲愁，黛眉频蹙。笃，笃，笃。

钗头凤·立冬

风声瑟，芦花获。鹤惊纤柳听霖滴。寒水泽，雪飘逸。小窗霜花，仲冬痕迹。怵，怵，怵。

茶香室，橙黄橘。墨深思度闲时笔。终归一，许多十。春夏秋冬，任谁能敌？执，执，执。

钗头凤·小寒

山青著，云风掠，画船舒桨梅香落。芦苇摆，山茶蓓，一萼红痕，想听花海。待，待，待。

依廊阁，枝头雀，古堤西寺心中塾。云端外，确之爱，梅竹兰菊，暗传天籁。怪，怪，怪。

钗头凤·大寒

寒风卷，芦花岸，小萍桥洞涟漪半。鸳鸯啄，枫桥泊，木深长径，笑声频度。乐，乐，乐。

梅香款，柳丝挽，一溪疏野闲云远。飞亭角，水边鹤，绿屏兰芷，闹寒花萼。跃，跃，跃。

十一、巫山一段云

巫山一段云·立春

冬后梅香雪，春来草浅塘。远山近水柳飞扬，霁野翠无疆。
风曲幽深竹，梅斜寂寞窗。葳蕤夜色笛声长，几处郁金香。

巫山一段云·雨水

醉意梅花寄，山由紫粉淹。风裁花瓣惹香岚，绕袖到飞檐。
谁不孤身客，何惊远处帆。茶心慢煮可深嵌，轻拂发梢簪。

巫山一段云·惊蛰

春迹横花径，冬痕逐梦飞。玉兰满树骋妍时，小叶李依稀。
问水桃夭艳，听山竹影随。春风万里草千姿，谁为远云痴。

巫山一段云·春分

不忍梨花泪，方来雪径林。山风吹落十弦琴，轻拢一花簪。
散向青空絮，磨成七彩针。剪裁寸寸赏花心，不识白云深。

巫山一段云·清明

雨隐山峰色，风听水岸涛。斜烟乱径绕溪桥，含笑已含娇。
柏后筝笙起，松前酒味飘。曾经笑靥挂云霄，远望雨潇潇。

巫山一段云·谷雨

蝴蝶翩翩舞，蔷薇细细香。海棠依旧绕方塘，隔岸鹤飞双。
细雨听丝竹，柔风转画廊。无关春景在何方，最美是苏杭。

巫山一段云·立夏

未夏闻含笑，追春望杜鹃。无心柳绕岸边船，白鹤倚汀澜。
欲踏留云水，仍深染碧天。年年不忍百花残，思尽寄词笺。

巫山一段云·小满

雨落蛾眉拢，风旋眼角潸。青山无语任延绵，云迹去无还。
不问缘何浅，无言拭泪连。千张纸鹤作心笺，无奈望云端。

巫山一段云·芒种

瑶草缘何翠，清溪怎泛漪。云停忧色满山崖，处处不堪悲。
不惜追云去，何曾了却痴？斯人绚若彩虹分，只是已天涯。

巫山一段云·夏至

万里流云远，千般想念盈。茶前笔下总迟停，搅动泪翻倾。
窗外蝉声泣，眸间惆怅横。追思无限自茕茕，难了一生情。

巫山一段云·小暑

碧海蓝天影，溪风柳雨思。人非物是惹伤悲，离恨绝无期。
梦断寻残语，身回欲逐随。时常伸手够天涯，可有触君姿？

巫山一段云·大暑

山海无关月，情缘可有终。想听花语只闻风，婉转绕青枫。
落笔涂思绪，回眸觅影踪。眼前此刻又朦胧，谁惹泪无穷。

巫山一段云·立秋

静水云沉月，横风路上沙。半阴山外夕阳斜，何处拢琵琶。
柳岸听花语，天边映晚霞。无端情绪乱思茶，转眼已天涯。

巫山一段云·处暑

初桂皆依树，残荷尽枕河。芙蓉悄悄起笙歌，船尾弄清波。
烈日行人少，清风白发多。四周寻觅影婆娑，水逝奈其何？

巫山一段云·白露

柳绕心头绪，思停眼底痕。风吹漪乱岸边粼，转角一江云。
掩映眸间念，花寻旧径尘。谁家苑竹晃幽门，沾泪絮纷纷。

巫山一段云·秋分

雨落飞花响，风旋转叶离。无端扫荡水间眉，何必惹秋悲。
都道相思苦，缘何入骨痴。追云鸿雁几时归，婉转弄相思。

巫山一段云·寒露

慢拂青瓷盏，轻弹翡翠裙。天边一朵火流云，手摆弄香熏。
灯下凝思写，溪桥绕雾氲。回眸疑是见斯人，颔首更心焚。

巫山一段云·霜降

暖色随云白，清寒冷雪芦。午间漫步启真湖，残荷悄连图。
丹桂飘香雨，红枫绕竹居。清茶一盏配桃酥，掩嘴笑贪无。

巫山一段云·立冬

水岸垂杨柳，桥头见蔓藤。风携丹桂馥芜菁，银杏几楼层。
手腕藏风韵，眉间透澈明。偷闲树下静听莺，不肯负深情。

巫山一段云·小雪

院角摇银杏，亭边倚竹窗。西溪水翠染鸳鸯，山影映成双。
闭目思茶味，凝眉忆海棠。人间万物有无香，此季已初凉。

巫山一段云·大雪

正望红枫艳，寻听白鹭鸣。湖光山色夕霞轻，柳叶落浮萍。
午后林间翠，河边水鸭停。回身缓缓觅香馨，芳草远溪汀。

巫山一段云·冬至

绕过桥头柳，轻沾水岸枫。街边堆叶自梧桐，不觉已临冬。
案上闲书众，盘中饺子空。为何忙碌已年终，岁月好匆匆。

巫山一段云·小寒

又见梅香径，云流湛碧天。钟声迤逦去无边。丘壑在心田。
转眼芳菲逝，徘徊昨日欢。忧愁笑我惹无端。随鹤度青山。

巫山一段云·大寒

柳岸梅风绕，桥头小径长。屋墙斑驳古游廊，黛瓦点寒霜。
深煮时光好，轻烹岁月香。烟山曲水半依窗，百草渐枯黄。

喝火令·立春

雪古千年阁，云飞万里琼。竹松风影笛吹笙。梅影弄寒斜岸，帘卷不闻莺。

雨煮茶香度，春开树色惊。入诗思绪亦深情。一抹芳踪，一抹梦痕萦。一抹不知何处，鹤在雪中行。

喝火令·雨水

柳转舟闲岸，桃红李粉腮。雨丝连陌草沿阶。梅滴怨春珠泪，来季向谁开。

凛冽寒风紧，悠然鹤影来。羽衣霓袖任时裁。理罢香熏，理罢案中钗。理罢墨痕茶迹，抚卷叹痴呆。

喝火令·惊蛰

万里春风度，樱花旖旎开。玉兰摇曳入人怀。纤柳掩门听笛，山影绕清斋。

草碧连天远，桃红映水来。百花香溢到天涯。不管风寒，不管雨斜街。不管落花无数，醉意漫香腮。

喝火令·春分

雨打沿河李，风携满树桃。是谁垂钓美人蕉。灯下玉兰琼洁，无语对清宵。

草上穿花蝶，桥头懒散猫。路人停步为樱遥。此即香痕，此即度云霄。此即案茶烟室，冉冉顺风飘。

喝火令·清明

芍药携栀子，桃花映海棠。绣球临水照羞妆。飞絮绕廊旋转，青草送芳香。

水漾涟漪半，风轻柳叶长。杜鹃陶醉遍山庄。一寸春光，一寸弄红妆。一寸百花争艳，竹影饰轩窗。

喝火令·谷雨

草浅氤氲少，春深滴翠多。踏青笙笛奏船歌。花径水边飞鹤，青石板蜒河。

玩味书中趣，寻闲逗弄鹅。笑时云舞树婆娑。便是晴天，便是弄烟波。便是百花千里，想伴你如何。

喝火令·立夏

翠滴柔柔柳，风吹淡淡云。发丝轻绕指尖纹。山远水清风缓，光影弄纤尘。

紫蝶因花舞，忧愁赖酒醇。伞听深扣雨纷纷。婉转思澜，婉转绕氤氲。婉转梦间清影，醉忆里寻真。

喝火令·小满

水绕流云远，山高露草菁。雨参千泪柳丝青。沿岸树篱花谢，何处觅飘零。

念你阳光笑，思君爽朗声。似茶烟迹不时萦。饮下天涯，饮下海中星，饮下碎心陈酿，凭吊自茕茕。

喝火令·芒种

是是非非韵，凄凄惨惨弦。晚风吹过泪仍残。深巷影无灯远，何处话心酸。

不请频来痛，挥之不去潸。万般无奈望蓝天。一念尘烟，一念世间缘。一念恍然如梦，为你惹情牵。

喝火令·夏至

万里寻君路，无端极度遥。一天南北可迢迢？深感有谁牵引，无见恨云霄。

不尽灵前泪，难堪满院萧。问君真有奈何桥？可记曾经？可记看花娇？可记彩云追月？痛意任风飘。

喝火令·小暑

再走当年路，鹅声急唤鱼。岸边丝柳蝶依湖。灯下影双言笑，欢步与君徐。

顿盏听蝉泣，凝思落笔书。指尖轻触念深涂。不问情长，不问路途孤。不问为何辛苦，滴落泪珠无？

喝火令·大暑

欲觅天涯路，难寻滴翠岚。卷香风絮动珠帘。思绪乱凝眸坐，残梦泪沾衫。

也许通心意，凭栏不顾炎。水边丝柳弄纤纤。了却情缘，了却惜尘凡。了却半生痴恋，月影映风檐。

喝火令·立秋

　　语寄千年鹤,心期万里云。倚栏垂泪把心焚。留念想谈心事,何以唤回魂?

　　石刻风吹迹,船行水上纹。湛蓝空际万千尘。不惜天涯,不惜路艰辛。不惜绝寰山外,世事且纷纭。

喝火令·处暑

　　雨打芙蓉际,风旋落叶时。蹙眉扶鬓拢裙衣。轻踱石桥深径,丝柳绕枫堤。

　　掩映雕窗桂,参差扰梦思。度花穿柳蝶何痴?望向云间,望向月依稀。望向鹤孤鸿远,想问忆追谁?

喝火令·白露

　　未见窗前影,还闻柳后莺。可知何事啭千声。微雨薄云晴半,飞叶落成萍。

　　暑气迟迟去,秋凉缓缓凝。有人相约与君行。几度花飞,几度雨初晴。几度伴香千古,乘月弄筝笙。

喝火令·秋分

浅笑凝眉角，疏星落画檐。水烟波缈影光涵。阡陌纵横无际，江树翠纱帘。

小径枫林赤，波桥水岸蓝，月钩深抹一痕恬。万里秋云，万里到江南。万里叶飞情乱，雨过洗晴岚。

喝火令·寒露

露扫梧桐叶，霜寒阁后琴。水声流淌至秋深。飞蝶忽然来镜，眸逐处轻寻。

本是清欢客，何慌浊酒侵。白云悠远任晴阴。任卷曾经，任卷是如今。任卷醉时难醒，不愿扰痴心。

喝火令·霜降

藕草烟霏远，簪花潋滟茵。舞芦飞柳雨淋尘。香度水风寻袖，芦苇雪飘裙。

掩映山庄酒，缤纷洞顶云。夕阳斜下影缠人。树上星辰，树上月依门。树上石溪听栋，古韵绕芳樽。

喝火令·立冬

叶卷漪珠翠，船披照水霞。柳边芳草拢琵琶。银杏桂花枫叶，千色染天涯。

雁小清秋影，香盈落幔纱。晚窗深野路边鸦。一缕思澜，一缕弄闲茶。一缕露浓风冷，隔岸起蒹葭。

喝火令·小雪

夕照茶烟外，云流瞬息间。转身冬色秀山川。无问欲归何处，携手可千年。

水接天涯远，风弹草上弦。任凭霜雪乱深寒。几许红枫，几许抹思澜。几许此情深处，柳漾水中莲。

喝火令·大雪

唤客徘徊柳，迎风染碧漪。似知枫叶去何时。无扰阁楼凡境，茶羽弄青瓷。

墨度婆娑树，争寒腊月梅。隔窗凝望雨纷飞。沁入情深，沁入满身痴，沁入世间天地，怎奈转身谁？

喝火令·冬至

冷叶凭裁剪，闲云漫卷舒。碧池金柳与谁欤。冬桂蜡梅香度，思缓懒翻书。

湛碧天空远，枯黄草影虚。雀声鸣乱水边鱼。欲钓青岚，欲钓泛江湖，欲钓百年风雨，紫竹调如初。

喝火令·小寒

夕照蒹葭静，汀洲白鹤忙。顿时眸转觅梅香。流水叶飞风细，鱼跃嬉寒塘。

一径深冬翠，天涯浅草芳。雀声人影暗临窗。可有心思，可有事牵肠。可有怅然随梦，落月满千江。

喝火令·大寒

沸悦天街聚，匆忙又一冬。蜡梅依旧惹人瞳。烟火与君分享，杯酒不知浓。

远处街灯闪，琳琅店铺空。晚风明月夜霓虹。不惹闲情，不惹觅幽踪。不惹盏中情意，道尽喜相逢。

十三、醉花阴

醉花阴·立春

窗外飘琼摇雪瑟，半隐花仙迹。莫道妒香腮，曳影梅边，刹暗群芳色。

恨春劲舞人间笔，无尽相思墨。千里寄情深，不语江舟，载入谁家客。

醉花阴·雨水

万里山川梅香涌，残雪仍凝冻。款款暖风来，半卷青澜，一晃春声送。

雨催陌野人家动，万籁舒苏共。枯槁渐无余，雁唤生机，百卉姿多弄。

醉花阴·惊蛰

三月杭城仙花季，山川何迤逦。十里玉兰香，倒映繁樱，谁弄春江水。

笛风暖暖桃花细，丝柳莺声脆。花影浣衣轻，春种芬芳，游鸭听兰芷。

醉花阴·春分

春好识香听花语，山色依烟树。挂雨绣球青，油菜花田，采摘新茶女。

矮篱竹笋繁樱舞，吹笛临门户。莫怪笔无思，难写风情，却已穿千古。

醉花阴·清明

溪岸草深花语尽，春满相思引。窗影映桃丛，燕子飞来，飞絮因风顿。

酒香古渡裙裾粉，不识林间菌。窄巷老街灯，店铺琳琅，对镜梳云鬓。

醉花阴·谷雨

纱裙飘过深春景，窗外千花竞。风婉转船间，掩映波光，篱上蔷薇靓。

路边陌草柔花静，车过摇头猛。看万里天空，碧洗心尖，正享人间境。

醉花阴·立夏

溪岸花飞舟悄悄，香细痕含笑。烟雨水沉沉，竹翠楼窗，篱上蔷薇闹。

柳桥伞下何人扰，蝴蝶穿芳草。云涧几深深，裙角涟漪，风韵从无少。

醉花阴·小满

一痕影弄眉间动，深潜心尖痛。细柳绕船头，远处歌声，难抑悲伤涌。

夜灯不照思君梦，更忆曾经共。怀念旧时光，欢笑随风，溪水波声送。

醉花阴·芒种

人间精彩因有你，一切从此逝。情字一枚分，何惹深尘，闲弄无端泪。

写心叠入词笺里，焚尽相思意。何处寄哀伤？落尽繁花，只见东流水。

醉花阴·夏至

处处君在无处在，音容云天外。千里觅音痕，折叠相思，纸鹤通心海。

泣时泪雨无端洒，紧握黄丝带。焚尽此生情，愿永相随，可换来生爱？

醉花阴·小暑

窗外云海千般绕，身影缘何杳。凄惨更蝉声，熙攘人间，四处寻君貌。

梦中滴泪知多少，只恨时光老。伫立望苍茫，萧瑟天涯，你在何方笑？

醉花阴·大暑

深夏翠沉船闲桨，人去空思量。千里觅君音，恍若身旁，却向天涯望。

梦中一影幽幽恍，灯下何人怅。笔下墨无干，念任痕新，思是深深创。

醉花阴·立秋

芳草滴翠微风柳，情可天地久。提笔写心声，句点之间，有泪轻轻抖。

沁痕满眼愁深覆，何弄眉头皱。洒寄对茶烟，寂寂幽幽，深痛谁承受。

醉花阴·处暑

久违雨声寒蝉喋，看时光荏苒。听竹笛随风，一叶摇秋，痴把云深沁。

水边柳绕芙蓉枕，远影心中任。欲寄信沉沉，却湿词笺，思意随浮沉。

醉花阴·白露

芦苇芷兰烟冉冉，荷岸花香染。深粉抹芙蓉，竹笛悠悠，庭外天空湛。

柳丝婉转思情潋，船尾涟漪泛。千古事随风，何必痴缠，只是从无淡。

醉花阴·秋分

蝴蝶款款寻穿竹，似有风声逐。林径叶纷纷，缓步谁来，丹桂飘窗馥。

雨丝织润尘烟曲，捡拾心情独。灯后坐窗前，绿枕芬芳，秋色凉风籁。

醉花阴·寒露

花猫卧懒声缱绻，恍惚伊人怨。浅粉染芙蓉，水曲莲花，细柳常来伴。

岸风拂水凌波浅，一脉香茶盏。踱步看流萍，月季依然，哪朵心中款。

醉花阴·霜降

虽已秋尽犹暖在，银杏随风摆。点点桂香萦，偶有丝痕，已是无穷爱。

转眸正想寻芳态，恍惚闻天籁。缓缓且悠悠，沉醉人间，拂过轻轻霭。

醉花阴·立冬

窗外柳青云雀跃，偶见江心鹤。点水映芙蓉，错季之风，
隐隐含香萼。

世尘不扫云风阁，翠蔓生檐角。虽已进冬时，秋景依然，
万叶翻飞落。

醉花阴·小雪

江心涟漪悠悠桨，童谣随风荡。水岸画芙蓉，远处香来，
扣动心中想。

悄然岁月穿尘网，何不随心唱。无愧笔中情，写满人间，
从此皆无恙。

醉花阴·大雪

初冬风光方临舍，好似仙境借。人在画中行，更显风情，
一任云山写。

放飞脚步悠哉野，未敢呈风雅。暗笑此心疯，美景无穷，
不负人间画。

醉花阴·冬至

　　瘦雨别怨梅香雪，枯荷墟竹筏。尘绝雾凇奇，琼野瀛洲，隔竹云天阔。

　　画桥入镜晶莹月，一点风情抹。琴古郁金香，烛火茶烟，满院深冬叶。

醉花阴·小寒

　　竹笛湖风吹水鸭，夕照雷峰塔。莺柳弄渔舟，不似深冬，梦里梅香塌。

　　远郊野陌青红恰，环佩叮当杂。小径盛山茶，浅粉涂腮，古瑟新琴洽。

醉花阴·大寒

　　待等寒极千山雪，银装天地阔。瀑布挂冰川，湛碧天空，映水犹清澈。

　　此枚景致堪清绝，不忍匆匆瞥。但愿世间情，常伴风光，水永涵明月。

十四、采桑子

采桑子·立春

初春飞雪寒风凛，苗可菁菁。苗可菁菁。小径山茶，间瞬已琼莹。

梅花粉缀苍穹白，鹤舞溪汀。鹤舞溪汀。挥洒人间，万古一筝笙。

采桑子·雨水

冰融时见春飞雪，临水梅开。临水梅开。指染香痕，料峭袭花台。

溪云树隐人家舍，半掩篱秸。半掩篱秸。深径山茶，掩映有人栽。

采桑子·惊蛰

桥头丝柳青芽小，花雨随风。花雨随风。柳处眉间，帘卷远山松。

烟溪可是氲心意，淡品茶浓。淡品茶浓。窗外流云，几朵永苍穹。

采桑子·春分

樱飞丝柳春深度，花海无边。花海无边。水镜山清，风月落纤肩。

回眸远眺云边影，叶扫眉间，叶扫眉间。云淡风轻，握住到明天。

采桑子·清明

青枫桥洞船漪水，仍见残桃。仍见残桃。燕子飞来，樱沁笛笙遥。

山风落尽凋枯叶，漫卷云霄。漫卷云霄。河岸何人，欲钓美人蕉。

采桑子·谷雨

桃花棋子樱花笛，几朵玫瑰。几朵玫瑰。菊沁琴弦，栀子语诗词。

芙蓉镜子荷花路，一抹香丝。一抹香丝。帘卷溪云，紫蝶绕藤篱。

采桑子·立夏

蔷薇亭榭青莲水，蝴蝶翩翩。蝴蝶翩翩。夹竹桃墙，依水更嫣妍。

谁人弄影溪边坐，舞动云衫。舞动云衫。遗落相思，不觉漫山川。

采桑子·小满

青衫沾泪何舒卷，无际相思。无际相思。昨日依稀，分别却天涯。

天空湛碧流云去，记忆仍追。记忆仍追。千朵莲花，半月照心池。

采桑子·芒种

身归何处回眸望，无尽烟纱。无尽烟纱。欲探君踪，谁确在拦遮。

依如昨日曾来过，转眼天涯。转眼天涯。谁抱琵琶，戚戚唱流沙。

采桑子·夏至

　　荷香波上心头雨，漪浣轻舟，漪浣轻舟。款款深情，浓郁染离愁。

　　音容似是身旁绕，确叹难留，确叹难留。不惜奔波，几度枉凝眸。

采桑子·小暑

　　词封笺鹤千枚少，由任千寻。由任千寻。后会无期，投递杳无音。

　　蝉声日夜窗边绕，远远深深。远远深深。何处天涯，笔下藏光阴。

采桑子·大暑

　　歌声谁送千年梦，旋律轻柔。旋律轻柔。假若深情，何必惹离愁。

　　相思一曲寻踪迹，泪挂轻眸。泪挂轻眸。山雨倾盆，可是故人留？

采桑子·立秋

天涯何处魂安放，云水苍茫。云水苍茫。浩瀚人间，无处寄神伤。

云遮月影空垂泪，几许柔肠。几许柔肠。思念无端，婉转且绵长。

采桑子·处暑

黄花飞径丝丝雨，挥指轻弹。挥指轻弹。敛黛山岚，芳去意阑珊。

溪边一鹤徘徊水，兑换明天。兑换明天。风影无踪，雁已去云端。

采桑子·白露

闲翻书角舷歌扣，漪泛红螺。漪泛红螺。鹤影溪汀，何处水风多。

凭栏岸静相思染，婉转笙歌。婉转笙歌。犹唱离愁，笼去那边河。

四季如歌

采桑子·秋分

黄花飞过眉旁鬓，斜弄香肩。斜弄香肩。不忍弹离，留待眼痕牵。

亭风半卷悠闲草，绕水行船。绕水行船。深翠妆溪，野岸一芙莲。

采桑子·寒露

寒风吹乱云边月，花影摇琴。花影摇琴。桂雨萦香，弦上语何音？

林林总总红尘事，若染情深。若染情深。无限秋思，切切扰人心。

采桑子·霜降

秋空云静携香鹤，萦柳扶枫。萦柳扶枫。陌草犹深，猫入影无踪。

霓裳起舞人如玉，旧境朦胧。旧境朦胧。烟水飞鸿，甚感岁匆匆。

采桑子·立冬

初冬金桂无踪影，蕉下青澜。蕉下青澜。柳叶飘窗，红豆泪仍残。

临窗静品人间事，各式斑斓。各式斑斓。犹若身边，点滴伴茶烟。

采桑子·小雪

芦花飘落残荷外，归鹭飞舟。归鹭飞舟。竹笛烟波，晨夕绕朱楼。

蓉城挚友围铜鼎，浅醉无休。浅醉无休。烟火香馨，戏笑筷间游。

采桑子·大雪

山茶苞小冬塘角，冬草葳蕤。冬草葳蕤。月季芭蕉，时节怎无知。

冰寒雨滴敲窗紧，翠冷溪堤。翠冷溪堤。情愫无端，掩映水边漪。

采桑子·冬至

翻飞飘叶翻飞柳，漪漾鸳鸯。漪漾鸳鸯。鹭戏呆鹅，红豆惹思长。

琵琶捻动唇边笑，款款梅香。款款梅香。过往依稀，月下一身霜。

采桑子·小寒

溪边梅影寒林弄，金柳疏疏。金柳疏疏。可是春声，听否雪霜无？

帘风暗舞幽兰翠，作响帷珠。作响帷珠。敲打轩窗，弄乱手中书。

采桑子·大寒

梅花迎向寒风雪，开落无尘。开落无尘。满院幽香，斜影曳千门。

帘风半卷茶烟细，眼底氤氲。眼底氤氲。谁又凭栏，鹤舞一溪云。

十五、定风波

定风波·立春

雪古城池梅古庐，风寒小径玉寒肤。陌野琼葳嫌墨少，一笑，枝头新翠想春苏。

最爱仍为冰上舞，知否，揪心不过瞬间无。节后日常频检测，扶额，花猫卖弄意何图？

定风波·雨水

泪挂梅芯欲滴莹，雪仙又奏隔溪笙。一夜冬青飞白发，恍惚，清晨古寺扫酥琼。

旅以疠情多辗转，疲倦，途缘趣事更充盈。偷土心情何复杂，不答，课题无奈要完成。

定风波·惊蛰

一季风光想踏春，百花绽放正缤纷。才叹梅红无踪迹，顿笔，忽闻桃粉绕氤氲。

樱舞楼阶落白雪，圣洁，兰萦碧水暬琼痕。桥底郁金　香格外，知否，深澄几抹艳青垠。

定风波·春分

一瞥芳丛惊海棠，春深与柳乱轩窗。踱步随心听鸟语，飞絮，徘徊顾盼觅幽芳。

掩映山岚楼入野，亭榭，潺湲水面树连塘。思绪何何多少事，知否，百花裹裹有无香。

定风波·清明

满地飞花惜绣球，河塘游鸭戏书舟。含笑之香浓栀子，沉醉，海棠成雪惹闲愁。

案卷何时能定稿，烦恼，艾烟怎样不遗留。远望青山云缭绕，景好，花开花落几时休。

定风波·谷雨

含笑香萦梅菊簪，海棠瓣落竹松帘。月季篱边羞态好，笑笑，蔷薇藤外笑颜憨。

绕径凭栏嫌鹤远，看看，拍花摄草秀江南。树半白云亭半树，思绪，听风问水理衣衫。

定风波·立夏

丝柳追风千万条。绣球依岸一分妖。暗叹百花凋谢半，零散，
忽闻芍药案头撩。

夕下芜烟风月季，映水，笙中清露雨芭蕉。无惹香痕无惹翠，
迤逦，幽云飞过暗枫桥。

定风波·小满

期待回音正恐慌，惊闻你已去天堂。冷雨敲心心彻痛，似梦，
急风扫泪泪飞狂。

无语问天天有道？声讨，抬头望月月无光。仍记一池云锦水，
知否，霎时川海笑无芳。

定风波·芒种

呼唤声声伴夏风，飞奔千里觅君踪。折叠彩笺成纸鹤，泪落，
将心写入小词中。

确没多余之辗转，凌乱，万千魂海见君容。痛卷心身无处葬，
凄惘，焚心随鹤满苍穹。

定风波·夏至

池岸荷花一路香，叶尖晨露满庭芳。犹见天涯何处影，恒永，落思笔下是情长。

纸鹤千枚焚不尽，泪滚，小词一首话凄凉。婉转皆为君笑貌，难了，人间仅为此痴狂。

定风波·小暑

风静云流湛碧天，隔空悲送泣鸣蝉。想问今君何处去，无措，回眸笑影伴身边。

怎奈情深深几许，飞絮，无从思念念无端。流水落花如此了，缥缈，天涯从此有君仙。

定风波·大暑

梦里听君一首歌，窗前月下影婆娑。别后方知思念苦，难语，堂前倍感惜情多。

泪雨徒添心底痛，横纵，忧伤何必眼中波。欲问天涯长几许？奔赴，伴君不怕路蹉跎。

定风波·立秋

山外白云千载空，暗香隔岸晚来风。思绪远飘何处去，屡屡，深情难度更加浓。

炎热难消心底痛，不懂，清凉似是隔苍穹。无奈人间文字少，懊恼，何曾写尽忆无穷。

定风波·处暑

想你秋思那么多，天长日久汇成河。婉转随风烟草绿，放逐，葳蕤沁雨滴心波。

万顷江汀飞白鹤，长度，千丛林木隐青禾。依约云端浮一影，驰骋，天涯客路起笙歌。

定风波·白露

一路风烟到素秋，芙蓉小苑几只鸥。芦苇溪边频拾翠，破碎，扁舟桥底对云流。

深径红枫嫌太早，懊恼，窗旁竹笛惹深幽。怎奈思痕随影走，绕柳，无端心绪不堪忧。

定风波·秋分

丹桂香痕绕榻边，秋风秋雨漫千山。河岸柳丝舟载客，寻觅，莲旁豆蔻锁风烟。

缓步云漪谁弄水，沉醉，轻邀野钓怎观鹏。云髻眉弯罗袖敛，摇滟，笑随女伴下溪滩。

定风波·寒露

落叶随风漫舞秋，樱开错季倚朱楼。点点桂花香溢远，婉转，芙蓉隔岸俏含羞。

雨乱残荷风乱柳，静候，枫红无限染汀洲。一卷情思何处寄，知否？但听逝水向东流。

定风波·霜降

水静山宁湛碧天，红枫金柳绕青莲。桂雨送香香款款，留恋，转身秋色满庭园。

紫蝶入词莺入画，水榭，半遮裙曳半遮栏。举步垂眉思暗涌，唐宋，回眸一望即千年。

定风波·立冬

一夜风寒雨袭花，涟漪荷影切枝丫。银杏叶边枯痕卷，似扇。飘摇仍落满篱笆。

思绪但因枫叶去，无助，河边柳影隐人家。键上字痕何错乱，暗叹，拾来故事润闲茶。

定风波·小雪

封校须臾乱日常，红枫翠柳绕方塘。电脑桌前纤指舞，忧虑，溪汀白鹭水边忙。

思忖如何教晚课，呆坐，笑声频度入心房。夜半咽采惊万众。感动。更深月色伴灯窗。

定风波·大雪

金柳红枫话仲冬，蜡梅水岸送香浓。漪绿桥澜莲送我，来过，笙吹云影鹤行风。

雨打残荷成露网，惆怅，窗幽灯火望苍穹。夕照禅茶烟缕缕，渐煮，芳菲旧忆岁匆匆。

定风波 · 冬至

万里流云不见冬，窗帘欲卷冷来风。茶盏送香千句少，一笑，晨炊轻裹半厨浓。

案上诗文嫌句短，慵懒，溪边梅影伴溪东。云剪琼英山野醉，恣意，精灵婉婉舞苍穹。

定风波 · 小寒

恰似春风弄错时，粉梅茶蕊共参差。晨夕载香频送梦，暗涌，竹笙沁绿渐涂枝。

野蔓依墙缠素笔，古迹，幽兰照影落清词。柳韵莺歌无曲谱，入户，花香草馥染青衣。

定风波 · 大寒

等酒香醇等雪皑，青丝缠绕遣情怀。一座孤城仍守候，已皱，半身尘土落青苔。

窗外梅花闲弄影，赋咏，溪边月季却常开。许是杯深沉醉意，流逝，何尝心事不天涯。

十六、蓦山溪

蓦山溪·立春

风携温软，青草刚柔荏。款款袭人香，紫竹调、旋时粉沁。
梅姿不扰，枝曲绕飞檐。花之雨，含泪凋，零落门庭甚。

柳芽方小，依旧寒风凛。小径绾心思，身外事、沉浮细品。
用心书写，每字入时光。斟世情，酌人间，恨等芬芳锦。

蓦山溪·雨水

春寒渐远，香染裙间褶。梅簇衬天蓝，临水时、俏娇溪泽。
莲滩鹭影，欲探百花亭。伸伸颈，驱驱步，逗比无边碧。

随风细柳，婉转离人笔。隔岸望桥头，涟漪伴、谁家船舶。
天涯思绪，廊下美人蕉。云影淡，折花人，雾里寻芳迹。

蓦山溪·惊蛰

漫天香舞，春色无边抹。云影淡江汀，花影约、莺歌柳发。
玉兰朵朵，小叶李盈盈，郁金香，紫地丁，水上悠悠筏。

水天红绿，掩映参差绝。谁共此笙歌，街边樱、岸边桃烈。
茶烟氲眼，笑问那清风。何必走，又何来，吹皱心头折。

蓦山溪·春分

　　草青水碧，亦抹风含翠。一恍已春深，叹时光、风斜雨细。
海棠依旧，几朵吊垂丝。桥底兰、柳边桃，红萼全凭季。
　　因何辗转，水上烟轻紫。四处觅渔歌，岸边鸭、悠悠芦苇。
听闻小雀，四季桂飘香。转头见，伞遮花，烟火人间绮。

蓦山溪·清明

　　锦纱微透，庭院青青草。深径曲桃丛，池塘鱼、悠闲轻搅。
小舟为伴，竹笛唱山歌。水边寺、野稚菊，烟火三台袅。
　　清平堂瓦，云雀游廊小。恍惚忆梅檐，旧轩窗，缘何景好。
茶山青女，晨起踏田泥，微风拂，露晶莹，双手翻飞巧。

蓦山溪·谷雨

　　海桐含笑，青石听花语。窗外柳青青，莲依岸，抱书裙女。
雨丝轻浣，翠滴逐香痕。孔雀草，金樱子，闲惹河边步。
　　回眸远眺，雨后街风古。篱上几蔷薇，振翅鹭、一方净土。
江南天水，湛碧远天空。叹绣球，惜山茶，摆弄心中绪。

蓦山溪·立夏

　　正逢青翠，已过春风粉。柳浪送流莺，涟漪半、轻摇夏吻。
蔷薇处处，点缀小心情。密密草、寥寥云，却弄西霞窨。

　　穿梭岁月，可有花笺信。文字给谁人？九曲廊、任风为刃。
纱帘遮影，淡笑顾香熏。眼角痕、绕茶烟，心意君休问。

蓦山溪·小满

　　一池碧水，荡漾涟漪半。依稀见莲荷，昔日影、时时牵绊。
伞边听雨，点滴绕成丝。辗转间，已转身，魂断青山远。

　　掬来净土，一任随风散。皎皎月云间，草泣露、悲伤载满。
青烟一缕，挥不去相思。那一眼、万千年，念你千千遍。

蓦山溪·芒种

　　晨听一曲，想想心中你。日子淡中甜，工作时、开心做事。
闲暇时候，写写小诗词，有些话，未曾说，因有深情味。

　　曾经以为，这样长无际。心似永能依，转身后、天人永逝。
如能可以，去换你回来。

蓦山溪·夏至

被谁牵引，千里寻君祭。窗外好阳光，千万尺、伴君心底。
穿云来去，清影弄眉间。你转身，我来过，流尽千行泪。

许多思绪，思念缘何最？岸畔漾涟漪，千古事、随风而逝。
离愁深痛，岁月确无情。折千鹤，写千词，难解相思意。

蓦山溪·小暑

树丛蝉泣，笔下悲萦字。翻看那年词，轻叹后，无声之泪。
回眸依旧，见你笑容痴。深深念，切切思，怎奈如何寄。

急奔千里，纸鹤焚千只。每鹤小词藏，据说是，可通心意。
云飞窗外，带不走伤痕。桌案前，彩笺中，你我今生事。

蓦山溪·大暑

时空相隔，君影何曾远。风雨落千花，空思念、情深缘浅。
灯前执笔，难写一生痴。风无迹、雨无影，谁可知长短。

天边云乱，恰似心情乱。摆弄案前茶，一缕香、绕窗月半。
凝眉西眺，一水向东流。天涯路、有多长，隔断青山岸。

蓦山溪·立秋

远山连碧，往事心头绕。无端忆斯人，熟悉影、缘何缥缈。
街风依旧，步履尚匆匆。低眉思、转身去，摆弄薰衣草。

魂随逝水，云外烟波渺。思可到天涯，眼前秋、涟漪荷小。
溪边飞蝶，扑扇伴蜻蜓。烛光中，问茶时，此际情难了？

蓦山溪·处暑

天边云朵，渐冷窗纱翠。船尾几涟漪，荡漾了、深心往事。
芙蓉涂粉，搅动一池柔。恍惚间、鹤惊舟，潋滟烟霞紫。

闻秋晃盏，花月杯中醉。一叶度眉心，抚不平、皱痕思缀。
闲寻香迹，可是故人来？无奈笑、掸纤尘，影弄东流水。

蓦山溪·白露

金风玉露，花叶驱尘俗。满眼桂花香，步阡陌，鱼欢鹤逐。
亭深林碧，粉黛子盈盈。柳纤纤，荷田田，又见芙蓉馥。

秋光波影，掩映千层木。鸿雁度晴空，碧霄边，云停山屋。
远方笙笛，款款弄心弦。无思量，挂心中，今送霓裳曲。

蓦山溪·秋分

盈盈秋水，尽被相思染。满地桂之香，淡淡袭、丝丝冉冉。
花魂拾罢，却又沾思痕。不忍扰、那种静，别样风情嵌。

谁来款款，云远天空湛。记忆未斑驳，岁月逝，任其苒苒。
离愁几许，辗转闹心眉。凭栏顾，旧时光，泛起层层念。

蓦山溪·寒露

芙蓉临水，红粉终难采。桥头草依依，青枫树，何时丹洒？
残荷枯岸，船隐叶悠悠。掩映径、追小蝶，难免无仪态。

偷闲之际，想泛轻舟快。手挽小书包，曲水岸，谁听天籁。
走来四季，大海遇星辰。赏秋色，惜花心，心系云天外。

蓦山溪·霜降

清秋落叶，深寺听飘瓦。芙蓉水边妍，桥底洞、影幽曲榭。
疏云绕月，灯下一芭蕉。琴声中、石凳对，桂雨千窗夜。

谁人泼墨，挥洒无端画。清气且凝诗，思绪随、笔端倾泻。
闲心挽袖，钓月也耕云。看不见、迹仍深，怎的心犹挂。

蓦山溪·立冬

雨霏弄晚，银杏风中荡。鸬鸟语风光，踏田埂、麦田宽旷。
随心捡拾，一把草成妆。伞斜灯，灯笼烟，叶落台阶上。

心漪连岸，摇出千层浪。民宿觅归心，一盏情、超然酣畅。
瓦无滴漏，天井有乾坤。哪些话，至如今？只记茶香盅。

蓦山溪·小雪

山间小雀，嬉水鸣声远。悠然数残荷，涟漪动、送波拍岸。
船迟夕照，白鹭舞烟霞，风曲袖，闲留云，在觉人间慢。

星辰月夜，寒弄红枫卷。窗外碧云天，呡茶时、诗词相伴。
轻撩鬓角，微敛眼中情。银屏闪，信传来，叨扰无声盼。

蓦山溪·大雪

红枫依旧，沿岸黄金柳。雨过翠无穷，步溪边、枯荷莲藕。
绕楼曲水，幽野载船歌，叶辞树，雪辞云，凋碧谁之手？

茶烟小盏，浅笑桌灯后。窗暗更寒冬，指尖动，书香盈袖。
一年雪事，慢慢挽悠悠，唐之诗，宋之词，话透人间秀。

蓦山溪·冬至

溪边隐桂，再度吹香菊。寂寞径深深，人影后、徐风敲竹。
闲云悠远，莫笑小心思。草木深，花月沉，古漫江边绿。

纤尘抹影，不落沾衣馥。淡墨染相思，勾画去、逶迤离人目。
谁家长笛，更遁入空灵。山茶迟，雪音无，待等芳菲复？

蓦山溪·小寒

蓦然回首，灯下谁人伞。冷雨打心田，发丝绕、雀声不断。
枝头梅影，花事待春苏，踏尘泥，听细雨，淡看云舒卷。

山端云朵，一任清风乱。无尽落相思，天甚远、草芳湖畔。
孤高翠竹，羌笛野芦花。隔岸柳，又思浓，更感缠绵漫。

蓦山溪·大寒

海风凛冽，尽数人间冷。梅绽不知年，粉紫红、幽香轻靓。
鸥帆点点，欲去尚徘徊。冬元素，寒尽否，且让繁花等。

沿山木道，独步观风景。几度伴风来，抿茶时、又浮其影。
托腮浅笑，月下是何人。弄纤云，惹思浓，案上琴书静。

十七、朝中措

朝中措·立春

一痕芳影雪中芬,无意傲凡尘。琼洁千川陌野,寒深柔水闲云。
出尖竹笋, 花猫卧石, 转角罗裙。冬尽依然暖少, 回头见一枝新。

朝中措·雨水

风邀月舞影婆娑,玉露滴银河。碧卷山川青翠,雪增峻岭巍峨。
崎岖横纵,风光旖旎,凡事颇多。一世百年瞬息,人间日月蹉跎。

朝中措·惊蛰

田间旷野见青苗,柳舞尚妖娆。款款春风十里,花香四处翻飘。
呆鹅嬉戏,恍闻花语,天碧桃夭。休问人间清冷,万花不负春邀。

朝中措·春分

青青芳草满江汀,白鹤水边惊。映水桃花红影,海棠挂雨冰晶。
樱花飞舞,楼风绕柳,水岸残情。婉转心思无限,眼前春景曾经。

朝中措·清明

窗前冷雨滴深青,挽臂小温馨。水映桥头枫客,木舟穿过轻灵。
海棠垂雨,紫藤爬阁,栀子苞菁。思念无关忙碌,茶香沉静心情。

朝中措·谷雨

蔷薇香绕岸边舟,飞絮任飘楼。石径冬青翠竹,桥头粉蝶汀洲。
凭栏垂袖,穿梭白鹤,对面风柔。探草问花不倦,茶烟冉冉难留。

朝中措·立夏

忽闻夏雨拢溪琴,跳乱远方音。落月垂窗轻扣,流光弄露追寻。
想听君语,想闻君息,叶落幽深。无处不留君影,无端牵挂之心。

朝中措·小满

随风急雨打轩窗,花落满池塘。清影挥之不去,凡间尘世思长。
一弯月色,一帘风絮,穿越时光。谁转身谁经过,音容已在天堂。

朝中措·芒种

无端风雨满江州，隔岸望山丘。君影无时不处，袭来泪掩清眸。
灯边提笔，桌前折鹤，可解心愁。千古事随烟灭，枉然颦蹙眉头。

朝中措·夏至

一朝君别已天涯，无尽怅然词。碧柳绕成愁绪，笙筝谱就情丝。
身旁灯下，白云深处，恍现身姿。飞泪难挥心痛，月华可有相随。

朝中措·小暑

悲燃玉烛怅追思，岁月总嫌迟。花尽空余香迹，问君再聚何时？
荒篱旧院，游丝系梦，心念谁知。对月端毫难写，隔空遥望无期。

朝中措·大暑

池塘菡萏惹思浓，淡淡夏之风。远处翩然蝶影，眼前片刻音容。
草尖清泪，摇摇坠落，愁绪无穷。怎奈今生寻觅，转身无迹苍穹。

朝中措·立秋

花间清露惹眸颔，一别忆难堪。妆镜不思拢鬓，无端滴泪青衫。
松笙竹笛，飘然风影，欲度珠帘。夜伴云边冷月，天涯追迹烟岚。

朝中措·处暑

雨丝迎面乱双瞳，往事已归终。一步之遥皆梦，秋笙已度松风。
千张纸鹤，万般心意，无奈皆空。塘岸荷莲点点，相思染泪无穷。

朝中措·白露

芙蓉涂粉漫长街，琴曲自窗台。照影惊鸿依旧，缘何香径无来。
指尖划过，凝痕拂过，不扰情怀。乘月弄云舒卷，奈何心已天涯。

朝中措·秋分

忽然风雨夜深凉，晨起紧衣裳。秋桂芳魂袭露，却添一抹馨妆。
痕随念转，心随意动，难免牵肠。穿径一身香迹，花声还似寻常。

朝中措·寒露

桥头小径粉樱妍,恣意惹无眠。粉蝶悠然穿柳,微风草动弯弯。
闲时漫步,桥头看景,千万思澜。秋色年年如是,思君默望天边。

朝中措·霜降

河边芦苇向风斜,陇上几蒹葭。青石木栏小径,葳蕤落晚霓霞。
听风细柳,流霜沉露,晴雨交加。草木最知冷暖,一秋已过无华。

朝中措·立冬

纷飞雨染稻花香,烟火旖山庄。银杏叶飞满地,晚茶恣意飘窗。
西风有意,吹来几许,落寞流殇。残荷焉知秋尽,等舟待月方塘。

朝中措·小雪

夜深冬日正严寒,封校起波澜。一望星辰无限,孤舟漾水悠闲。
山河无恙,时光静好,岁月依然。呆鸭幽猫灵雀,人间最是平安。

朝中措·大雪

寒云冷雨染纱笼，柳叶舞随风。路上金黄片片，眸间思念浓浓。
只言片语，不曾远寄，堆积无穷。水绕楼廊阁榭，悠哉一晃年终。

朝中措·冬至

草新风暖确冬姿？怎惑雪来迟。纤柳梅香飞鹤，浮萍野渡涟漪。
桥头小径，沿河石凳，婉转蛾眉。竹影窗灯斜月，勾留淡淡相思。

朝中措·小寒

梅花娇俏点西湖，竹院不嫌孤。软水鸳鸯烟塔，堤边灵动流苏。
纠缠小令，词穷意少，抒浅心初。面对繁华巷口，心思辗转踌躇。

朝中措·大寒

忽知故里雪花开，梅影落空阶。芳迹随风轻漫，似飞万蝶山崖。
冰封阡陌，低云翻浪，一眼天涯。微弄熏香衣角，静听玉笛香斋。

十八、如梦令

如梦令·立春

寒绕疏梅飘舞，伫立静听花语。草色梦中惊，已是春催万树。煮雨，煮雨，捡拾时光飞絮。

如梦令·雨水

烟雨青澜一抹，白鹤溪汀游猎。竹径后梅花，映水度香红烈。残雪，残雪，误入诗行那瞥。

如梦令·惊蛰

一夜玉兰绽放，湖水轻移画舫。一路笑闻香，得意之姿无状。尘网，尘网，思念无穷荡漾。

如梦令·春分

丝柳桥头萦绕，云雀花篱争吵。水岸郁金香，小径桃花窈窕。笑闹，笑闹，相伴踏青正好。

如梦令·清明

龙井茶香缠齿，山水霎时皆美。飞絮绕樱窗，金盏花舟依芷。荟萃，荟萃，此景此笙此季。

如梦令·谷雨

水潋滟波横卧，滴翠树青青果。月季与芙蓉，婉转香痕难锁。花朵，花朵，春末品茶闲坐。

如梦令·悼念李院长

百卉无声凋谢，痛蔓无穷旷野。哀叹地之遥，别泪无端倾泻。恸洒，恸洒，山外夕阳斜下。

如梦令·立夏

栀子随风香溢，又见石榴花迹。庭院翠深深，小径悠扬竹笛。过客，过客，溪水无声瑟瑟。

如梦令·小满

疏雨打时萍碎，夜露沾花缄泪。无限别离情，欲把此情投寄。可否，可否，跨域时空之外。

如梦令·芒种

期待你来小坐，一盏清茶即可。小事就聊聊，不必倾心说破。难妥，难妥，天外飞来云朵。

如梦令·夏至

以为长能斗酒，任性仍然无救。可你转身时，尚不说声远走。是否，是否，没有天长地久。

如梦令·小暑

紧握那根丝带，牵扯泪花喷洒。抬眼望朦胧，寻觅周遭人界。无奈，怎奈，你已天边云外。

如梦令·大暑

花谢无声香断，来去白云飞乱。思绪万千千，顿笔凝眉哀叹。月半，月半，但愿永生相伴。

如梦令·立秋

深碧初秋陌野，雨打风檐灰瓦。远影为谁追，寂寞云流无暇。泪洒，泪洒，望向天涯无话。

如梦令·处暑

月夜下帘未寝，遗落相思入枕。远处影婆娑，半拂榻旁绣锦。伤沁，伤沁，寂度时空凭任。

如梦令·白露

绕过亭台楼阁，一水蜿蜒伴鹤。船桨扰涟漪，掩映芙蓉蝶度。起落，起落，菡萏池塘无数。

如梦令·秋分

细雨花残无数，何处香魂安落。深径拣相思，无问禅心寂寞。几度，几度，朗月露华清魄。

如梦令·寒露

临水芙蓉开半，树上蝉声颇短。白鹭正彷徨，晚露不来茶盏。缱绻，缱绻，柔指轻撩帷幔。

如梦令·霜降

绕阁桂香盈袖，远眺轻舟烟柳。小径水边深，芦苇斜沉桥后。依旧，依旧，伞下清眸凝久。

如梦令·立冬

晨旭隔窗送暖，手弄纱帘犹懒。雪信杳无音，碧树桂香仍满。秋远，秋远，浅水寒深堤岸。

如梦令·小雪

廊外渐黄银杏，桥底幽深曲径。何处夜来香，月季山茶不胜。品茗，品茗，唇角齿间犹兴。

如梦令·大雪

溪岸蒹葭飞絮，飘叶奈何绕树？茶后去寻香，小径清幽弄步。几度，几度，婉转情丝无数。

如梦令·冬至

不觉已然冬至，雪雨风霜四季。今日且偷闲，放下手中杂事。饺子，饺子，最是人间美味。

如梦令·小寒

岸景无边桥洞，瓦上云深飞凤。梅影悄斜窗，待等春风吹垅。入梦，入梦，方寸琴书谁共。

如梦令·大寒

　　水冷风寒雪降，院角暗香飘荡。谁系玉玲珑，竹笛松笙共漾。真想，真想，此景与君分享。

十九、八声甘州

八声甘州·立春

遇雪梅携舞洁苍穹，入户共迎春。享含情万里，人间清秀，一脉香尘。长笛音凝玉野，冰艳浣清芬。寻罢逍遥影，再品甘醇。

千古沉浮处处，淡扫天地戏，漫卷朱门。站石阶台上，抬眼望芸芸。鹤声萌、风中含韵，岸边花，映水意缤纷。深寒里、参差抱翠，一抹情痕。

八声甘州·雨水

霎梅香已度万千川，惊醒众飞凫。且燕携深暖，船歌竹笛，漪浣游鱼。触雨沐芳游猎，夕照淡烟芜。檐角翘风景，倒映平湖。

一望无边春色，谷涧花间醉，谈笑踟蹰。乐人间百味，尽兴洒沿途。远轻舟、悠悠荡荡，近回风、吹柳摆菰芦。低头数、路边梅点，古筑新庐。

八声甘州·惊蛰

问楼前那树几年栽，此季玉兰开。见雪颜香瓣，远云香景，笑靥香腮。虽叹花期短暂，却喜满山崖。更喜山茶久，犹在仙台。

路过花边驻足，绕柳风轻送，可否花钗？拾一春心境，踏石板青苔。手做梳、理柔鬓发，掸落花、何以捂痴呆？芳轻点、伊人远去，幽转天涯。

八声甘州·春分

已春深野草碧连天，茶女踏船歌。见楼风柳岸，飞樱小径，田埂青禾。烟锁青枫寂寂，云影树婆娑。偷得闲心后，逗弄欢鹅。

油菜花田处处，李桃连藤蔓，色彩颇多。想秋千荡起，欢笑落梨涡。你想说、人间确好，岁匆匆，雪鬓又如何？茶香绕、峰青溪绿，兜转山河。

八声甘州·清明

恰晨风薄雾岸山青，蓝女采清茶。便渔翁蓑笠，因船误入，爱上西霞。正值春光无际，笙笛过千家。谁把光阴秀，谱系琵琶。

正叹绣球凋落，又叹含笑小，更叹飞花。想来年此季，百卉愈犹佳。挽亭风、杜鹃娇态，浣水澜、月季满篱笆。轻烟淡、何人已度，转眼天涯。

八声甘州·谷雨

正一痕残迹绕肩来，转身觅真馨。便海棠花瓣，随风飞落，冉冉盈盈。叹息香魂满地，春过万花情。竹紫节高更，柳叶青青。

鹤舞南华楼外，树梢摇倩影，远处风筝。踏石桥芳草，一蝶舞茕茕。任思绪，天边云外，任去留，笑对漫飞樱。蔷薇路，蜿蜒叠碧，婉转莺声。

137

八声甘州·立夏

　　想南风缓绕北方人，万里探遐琛。夏青青绕柳，盈盈碧水，清影千寻。无奈无时无处，无约入眉心。宛若青烟卷，兰芷瑶琴。

　　蹀步低头小径，眼角流期待，一念之临。却松风竹笛，颦蹙半深深。你不来、我依然等，你离开，思念愈沉沉。云天外，随风伴雨，落入花簪。

八声甘州·小满

　　柳随风摇摆翠天边，伫立为何痴？在人群寻觅，心中那抹，单影依稀。偶遇时空隧道，短暂共依依。处处且无处，愿永相随。

　　不请自来深痛，怎奈情字重，泪满空杯。想随君之去，千里伴魂归。折心进、三千纸鹤，写素笺、词韵入相思。窗边雀、徘徊空际，婉转鸣啼。

八声甘州·芒种

　　痛无声袭卷祭灵人，汹涌泪纷飞。忍无穷惆怅，万千言语，化作孤悲。仍旧不能置信，至此永天涯。倘若有来世,不负相思？

　　零落心情难拾，指尖无触碰，身影依稀。看流云万里，可是伴魂归？寄纸鹤、斯人不在，写小词、宁愿去追随。焚心烬、青烟一缕，绕梦情痴。

八声甘州·夏至

是谁人呼唤北方行，任千里何妨。这相思难了，深情难了，怎了痴狂。欲把词心写下，折纸鹤焚香。无奈彩笺短，不敌情长。

窗外云边天际，影落江河海，君在何方？叹是谁为你，等地老天荒？泪无声、轻沾衣袖，念无边、心绪卷苍茫。天涯路、如能寻到，不惜时光。

八声甘州·小暑

恨疫情不让悼斯人，耳畔绕蝉凄。见竹桃墙架，荷风水岸，身影依稀。灿若阳光微笑，天地度心眉。仍旧不相信，君已天涯。

书案词笺纸鹤，婉转心中折，泪染相思。恰翩翩蝴蝶，依袖草丛飞。问花仙，风来何处？问苍穹，人世几伤悲？随清影、琼楼玉宇，欲伴魂归。

八声甘州·大暑

望他乡山水绕风情，无端惹彷徨。弄耳边碎发，迎风裙角，背影颀长。夕照漾漪拂水，天远任鹰翔。十里画廊走，景斗晴窗。

竹筏穿梭石壁，水珠蜻蜓小，无限风光。问缘何暗叹，角落自神伤。敛眸寻、那丝踪迹，眼角痕、刻入几多觞。风和雨、无情吹打，窗外池塘。

八声甘州·立秋

　　那静波空碧众山幽，秋风扫千湖。渐暑声消褪，雨丝收夏，风卷云疏。西海风光别样，山岭草荒芜。远夕云飞晚，尘迹追车。

　　日月山边翘首，塞上风云色，景美程途。总放眸寻影，烟渺寸心孤。觅心痕、知君安否，逐天涯，山水已模糊。今何处，对烟长问，怎可哀无。

八声甘州·处暑

　　你追风已去任天涯，搅动一湖漪。我茫无目的，寻痕逐迹，已是成痴。一晃秋声轻落，夏暑去嫌迟。望向云边月，月染相思。

　　难忍心头惆怅，捡拾心中痛，露泪沾衣。对大千世界，无限念纷飞。雨丝飞、模糊眼角，墨痕飞、点滴乱愁眉。无关景、满天君影，转身成谁？

八声甘州·白露

　　热排山倒海遍川江，尽管已初秋。想逃离暑困，找回凉处，安顿闲愁。西海风光旖旎，决计去欢游。无数盐湖岸，兴步无休。

　　思绪缘何无度，望向云边月，寻觅方舟。正凉风习习，念意却难收。任我飞、天涯海角，任心驰、香动逐清眸。随神往、风华千古，谁主沉浮。

八声甘州·秋分

遇北风无约下江南，一夜已深寒。叹风时秦汉，雨时唐宋，皆在人间。丹桂遗香荷岸，芦苇惹烟残。梦里照楼月，恨上眉弯。

深径木亭檐外，几株香枫树，去蝶蹁跹。感秋声无迹，茶盏转纤肩。伞下谁、千年一影，岸边谁、踏入水中莲。相思逐、只因一眼，亘古萦牵。

八声甘州·寒露

在惊鸿照影叶翩翩，一痕抹清秋。看山高水远，芙蓉菡萏，樵舍渔舟。隔壁山堂寂静，藤蔓悄爬楼。一季花依旧，小径灯幽。

青石桥头烟柳，婉转含思绪，步履难收。再细听芳草，踌躇为何留。享轻风、花间人醉，享闲时、心韵尚悠悠。红枫树、斑斑点点，渐染汀洲。

八声甘州·霜降

看轻纱柳下浣红妆，袅袅漾船烟。且徘徊水岸，寻寻觅觅，粉蝶翩翩。锦带芙蓉金桂，何处不暄妍。忽见小云雀，碎步悠然。

比对叶花嬉笑，惹来旁人目，别样心欢。更流连难返，芦白斗飞鸢。淡淡风、轻柔拂面，远远思、默默上云端。低头弄、鬓间垂发，更觉牵缠。

八声甘州·立冬

正叶声陌上怨寒风，红枫已临窗。恰冬来秋远，寒衣更紧，懒起梳妆。一夜香樱满地，雀语远池塘。深抹情无限，却遇苍凉。

细雨无声飘落，远山烟笼翠，隐约农庄。见迎来老友，微笑暖心房。望群峰、绵延秀岭，石板桥、婉转水流长。蜿蜒处、年轮清浅，封刻时光。

八声甘州·小雪

恰红枫银杏共云天，桂香染初冬。渐雨携寒意，半成霜露，半入泥中。丝柳无声落翠，自在舞随风。唯有长流水，不负时空。

我欲登高眺远，望尽天涯路，且伴飞鸿。叹街头五味，确已乱初衷。捧书香、茶楼一室，对红尘、沧海一杯浓。仍牵绊、此情深处，已度千重。

八声甘州·大雪

望江波云海雁长空，千载路途同。尚红枫银杏，松涛竹影，陌野嵩蓬。曲岸芦笙瑟瑟，舞鹤弄仙踪。谁送梅香细，月下听风。

心底涟漪微动，却在眉间漫，逝水淙淙。恰雀飞丛乱，叶落扰思浓。菊淡淡、花篱旖旎，雨疏疏、牵绪度无穷。无端忆、情归何处，笑问苍穹。

八声甘州·冬至

见溪边莺柳绕桥头，水鸭暗涟漪。正红枫零落，残荷听雨，银杏翻飞。丹桂飘香小径，月季半依篱。花匠知花籽，不误花姿。

芦苇斜风摇曳，恰似心神曳，不觉凝眉。那经年旧事，何必又葳蕤。伞下谁、眸频暗转，隔岸谁、牵动嘴边嘻。听冬雨、雪期方远，笑我心痴。

八声甘州·小寒

与红枫银杏说冬情，晨雨浣窗帘。有千花一试，寒风冻水，点点纤纤。落柳成萍仍碧，掩映远山岚。云雀不知冷，跳跃欢酣。

街角街灯街店，一杯茶心捧，别样馨甜。沁人间天籁，此刻且沉耽。一盏清、端茶轻抿，拢围巾、抬手弄书签。闲时好、无须冬夏，更喜江南。

八声甘州·大寒

忽蜡梅半倚水边香，懒管正萧条。恰梅花应景，迎寒绽放，共闹尘嚣。松竹依然青翠，船在水中摇。寒尽天飞雪，水绕溪桥。

风静烟停茶罢，放下身边事，凭我逍遥。确疫情虽紧，心任梦奔逃。蜀酒醇、千杯不醉，蜀道难、景色称天骄。斑斓海、安宁纯净，倒映云霄。

四季如歌

二十、卜算子

卜算子·立春

松风浣壑深，草色知冬尽。青石阶梯看雁回，寻觅林间笋。
黛瓦翘曲梅，丝雨环香鬓。款款谁人玉足来，摆弄腮边粉。

卜算子·雨水

缥缈雨沁青，舒卷梅穷绝。挂露晶莹滴无言，丝蕊仙家骨。
盏藏酝酿情，香浣清风月。指缝流烟去何处，可有心千叠。

卜算子·惊蛰

忽见玉兰开，已是春风暖。水鸭悠闲碧中游，柳叶新芽短。
轩窗鸟语惊，踱步心情懒。翠草徘徊瑶池笺，欲寄相思满。

卜算子·春分

紫藤竹篱盘，青石横波卧。船桨涟漪幽人岸，风景常牵我。
晨风尽兴听，细柳花中坐。百卉争妍只为春，一任烟岚锁。

卜算子·清明

迎风曲柳旁，纵伞桃花下。款款香痕迹欲寻，隔壁琴惊瓦。
杜鹃寂寂山，茶女青青舍。一盏凝思挂黛眉，水岸烟氲画。

卜算子·谷雨

闻香含笑浓，欲探蔷薇秀。柳色青青婉转丝，水下埋清藕。
天边淡淡云，琴上悠悠手。谁画风光旖旎卷，且品江山酒。

卜算子·立夏

芳草青翠深，沉醉痴心酿。柔水涟涟流向天，默默摇船桨。
别后又相思，恋上君清朗。晨起听听那些歌，已是心漪漾。

卜算子·小满

碧海连远山，无意翻微信。只想长知君安好，一眼枯荣瞬。
隔云望天堂，此世无情分。记忆跟随气息走，叶落腮边吻。

卜算子·芒种

窗外雨徘徊，桥底池清湛。别后方知此缘了，月下荒芜掩。
何处话心情，独自收伤感。回首凄然思故人，水畔青苔染。

卜算子·夏至

忧伤何处来，深痛何时绝？行色匆匆为哪般，伫立灵前愣。
悲忆恨有情，无奈相思烈。可去天涯寻芳迹，愿永无离别。

卜算子·小暑

眼迹任景移，云卷连山远。万种相思掩不去，几瓣忧伤浣。
时空可有愁，晴雨凭何变。春夏秋冬催人老，怎奈情缘浅。

卜算子·大暑

悲情绕身旁，追忆驱无散。婉转相思何时了，梦里君踪远。
缘分总云端，隔岸皆空叹。处处君踪无处君，可会来生见？

卜算子·立秋

天涯心路难，回望天空湛。远处风光从未变，只是相思染。
千般情意深，一缕青烟冉。树影斜遮棋局半，世事何留念。

卜算子·处暑

焚燃纸鹤时，难抹心中憾。清泪偷弹寄烟波，远影参差闪。
缘何转头寻，无奈期眸暗。夏去秋来碧色浓，想念何曾淡。

卜算子·白露

依栏水长流，极目天空廓。溪岸蒹葭秋色初，杨柳遮楼阁。
眼眸逐相思，尺素随飞鹤。婉转心弦几许愁，难问谁之错。

卜算子·秋分

草木半青黄，兰芷初霜白。卷絮寒风百花残，深觉秋痕迹。
飘叶惹闲愁，细雨难尘客。清影徘徊隔岸香，转角芙蓉笛。

卜算子·寒露

飘叶随车飞，秋色争千态。丹桂青枫点点香，缥缈斜阳外。
水映美人蕉，步韵随裙摆。潋滟湖光藕花风，夕下群山黛。

卜算子·霜降

晚照半帘风，云月连溪影。香溢回廊桂倚楼，舞蝶闲天井。
沉醉又何妨，款款皆为景。深遣芙蓉秋水时，漾漾轻舟静。

卜算子·立冬

青山万里云，水寨烟村小。无际长风浩瀚林，处处柔酥草。

北国听雪时，南渐红枫悄。遇见冬春与夏秋，一任心思闹。

卜算子·小雪

芦风入客心，枫沁相思意。涂抹蓝天任流云，风向云中寄。

匆匆垄上行，陌野千层翠。满脚音符满身律，韵弄心沉醉。

卜算子·大雪

冬日无所忙，轻捻茶心事。窗外寒风雨瑟瑟，墨点风云字。

厨飘阵阵香，词意添滋味。落叶金黄堆碧草，有酒三分醉。

卜算子·冬至

案头事繁多，窗外云翻涌。听雨鸳鸯伴船边，谁把鲜花送？
倚墙手捧书，垂发随时拢。瓶上莲花渐渐开，入我逍遥梦。

卜算子·小寒

游鱼斗鸳鸯，跃雀收渔网。花舍湖风人流后，梅影悬轻浪。
山隐丘壑深，水泛烟舟漾。四季匆匆松竹翠，只愿人无恙。

卜算子·大寒

雪径深寂幽，小雀听花语。禅寺钟声辗转听，白鹭轻盈舞。
案上青花瓷，优雅烹茶女。寒极横牵一痕芳，静待飞花雨。

151

二十一、暗香

暗香·立春

雪埋阡陌，看漫山遍野，人间皆白。伞下蹒跚，欲探寒梅惹香袭。抬手轻沾粉瓣，花语馨、痕丝游迹。转头时、片片琼飞，著意到芳泽。

节律，韵一脉，正醉而不知，任思寻觅。竹松莫逆，携着风霜入诗籍。点点疏疏朵朵，群芳待、春风挥笔。茉莉茶、梅子酒，品时仍涩。

暗香·雨水

想听梅语，待繁花点点，粉涂玫著。踏碧觅芳，小径深幽几株树。枝曲花翘映水，不经意、忽闻香度。醉春风、一卷田阡，花影看悠步。

苗圃，待花雨，漫野林水间，山寺村坞。冷风已去，轻暖减衣润尘土。茶蕊缘何仍小，可是有、择时开否？事渐多、弹指去，但凭心绪。

暗香·惊蛰

粉玫青绿，已万千花海，李梅桃簇。竹笛松琴，转过桥头满枝馥。隔岸芭蕉弄影，樱飞语、芳音成曲。兰风卷、袅袅婷婷，恰便似琼玉。

眉蹙，转眸逐，那隔月白云，顾影天竺。雨来不速，疏点涟涟落心谷。冲刷香痕画迹，花事了、楼仍高筑。落花声、听雨意，各归所属。

暗香·春分

山边春笋，享鲜甜滋味，一丛桃粉。此季草青，古寺亭栏水边尽。月季绣球芍药，确难及，海棠风韵。采茶女，蓝布花衣，晨露乱其阵。

稍窘，却因闻，嗅牡丹花苞，可有香润。捧书一本，翻看春光万千寸。携笔轻轻泼墨，无关谁，何须思忖。梦中你、无处不，愿花无烬。

暗香·清明

海棠飞落，叹一期花去，青深无数。院种绣球，满地飞樱瞬成阁。柳絮沿河舞雪，眨眼间，春沉红萼。寻芳时，含笑浮香，河岸见云雀。

芍药，立桌角。愿一眼千年，一眼甘寞。此生一诺，从此随心任漂泊。尽管枝枝叶叶，人世间、情天无度。翠无边，蓝更远，水边白鹤。

四季如歌

暗香·谷雨

蔷薇月季，正乘春争艳，倚篱迤逦。七彩音符，跳跃心弦送香细。飞燕草金盏菊，万花丛、暗淹芦苇。燕子飞、芳草依依，柳絮落无际。

滴翠，更沉醉。恰暖风轻轻，蝶舞纤翅。弄漪远水，谁闹山亭杜鹃紫。秘境山间小隐，竹笛绕，涓涓泉细。手中书、思绪卷、写词入睡。

暗香·立夏

夜风萦绕。正万灯璀璨，不如君笑。水岸伊人，杨柳轻轻眼前扫。烟幕挥之不去，迷离眼、不时凭眺。远处影、从未身边，思念未曾少。

水鸟，不停吵。叹此际为何，再添烦恼。水光袅袅，无尽时空拾荒老。夏雨流经指缝，一水滴，无声惊扰。似一粒、沙落海，任其缥缈。

暗香·小满

隔空呼唤，忽听闻消息，怅然悲泫。假若可能，换你回来定无怨。寂寂蔷薇有泪，痛滋味，雨来无浣。写花笺、折叠心情，纸鹤放千片。

云远，影更远。叹世事无常，更觉心乱。点灯一盏，幽月无华永无见。何处追思凭吊，南华苑、曾经陪伴。转身时、天地别，为何小满？

154

暗香·芒种

谁人召唤？想寻踪觅迹，灵前来奠。你在何方？千万灵棺以缘见。脚步随心引领，直奔着，你之灵案。无限思、化泪纷飞，此际意缭乱。

痛卷，寸肠断。问默默苍天，此生何短？独来寂院，焚尽词笺为君伴。无奈青山隔岸，唯有那、一声长叹。尚听闻、千纸鹤，了吾心愿。

暗香·夏至

青青杨柳，正随风舞岸，蓦然回首。你在何方，灯火阑珊却依旧。夕照谱成晚怅，离人曲、泪沾衣袖。千叠翠、夏已深深，执笔怕怀旧。

眉皱，怎轻抖，痛袭卷无声，萦绕何久。一痕影走，心绪随之亦飘走。无意翻出微信，昨夜梦，不停来扣。万心词，千纸鹤，上重霄九。

暗香·小暑

碧空洗湛，却浅凝眸色，因谁沉黯。岸畔的风，吹向何方任悲染。花草含珠挂泪，滴落下、忧伤怀念。拾几瓣、清露寻踪，思恋不曾减。

菡萏，粉点点。又惹人颦眉，眼神清淡。想君笑脸，如似阳光永贞琰。曾共深情把酒，那些话、恒成遗憾。案上茶、窗外雨，翠深烟冉。

暗香·大暑

暑时热绕，看低垂丝柳，焦枯丝草。欲觅清凉，执扇回风更焦躁。蝴蝶一生逐梦，花丛乱、蝉鸣声少。逝水去、追尽波涛，倚岭渐缥缈。

云香，路更香。步岸边松林，叶浓风小。忆随径闹，凝刻思情入风筱。腕上涟涟泪滴，景再好、怎如君笑。怅音回，情字觅，此生怎了？

暗香·立秋

雨飞烟阁。望山边云外，叶痕飘落。草卷露浓，秋色横空漫阡陌。水绕风湾更碧，婉转弄、眸间深酌。千般草，无限吟秋，远处景玄邈。

落寞，夕阳度。却不惜相思，已被痴缚。此心淡泊，唯愿平生为君乐。端盏低眉情洒，抒怀否、一倾杯魄。怎相随、何忆昔，不言承诺。

暗香·处暑

窗留半榻，是等谁入梦，毋须相答。细雨当轩，滴乱心思可曾乏？更漏声长逐梦，路灯闪、影飘残腊。落桂半、恨雨无情，晨露卷霞杂。

白鸽，水边鸭。伴水韵风弦，谁人推拉。染愁四匝，妆镜灯前弄香盒。满地黄花作响，捡拾起，一痕珍纳。忆斯人、秋草萎，怎逃此劫？

暗香·白露

栖林鸟过，逐长风朗月，烟桥仙舸。紫翠音符，跳跃心弦对波卧。深径满池蓝莒，循香迹，探寻莲果。满眼粉、浪漫情怀，一曲解千锁。

婆娑，树下坐。看艳阳云高，热非因火。俏花朵朵，帘外温风蝶飞堕。思绪无端凌乱，回眸找、影姿婀娜。古今愁、弹入韵，唱随笙哆。

暗香·秋分

路边花榭，袭眼球纤指，景收心画。月季花篱，转过回廊却难罢。湖岸天鹅自得，长颈探，果然呆傻。笑声里，宛若香风，绕向柳边舍。

月下，寄牵挂。问那边可知，挑灯深夜。案前语寡，眸对茶烟似优雅。无奈心中思绪，向云天、月华清洒。指尖佛，唇角度，一尘不惹。

暗香·寒露

桂香萦径。更染思沁骨，暗寻花影。竹苑听风，垂柳徘徊岸边景。白鹭窥秋戏水，藕花处，随波舒颈。野汀兰、深隐芦花，舟过漾菱荇。

水镜，享闲境。叹仲秋人间，地远天静。恍然暮磬，低问船家可惊醒？流水浮萍芷蔓，湖岸凳、天边云净。笑浅浅、思淡淡，探幽揽胜。

157

暗香·霜降

一廊芳馥。想转眸寻迹、桂丛青木。点点露珠，摇摆迎风
缀千绿。环顾西溪两岸，芦苇瑟、蜿蜒深谷。林间鸟，啭啭嘤嘤，
紫调伴丝竹。

寒簌，扑簌簌。渐杏黄枫红，浸染林屋。落思叶逐。秋色
缤纷甚花目。天际连山锁碧，云舒卷、抹平心绪。律悠悠、笙
慢慢，细听风曲。

暗香·立冬

暗香浮动。卷芦花溪柳，凝思幽梦。念起何人，笑影身姿
已深种。竹径云端水榭，过往事、莫名翻涌。飘叶去、带走曾经，
带不走心痛。

谁弄，雀惊悚。叹暖冬江南，七彩同共。草青埂垅，银杏
红枫正横纵。白鹭溪汀悠翅，翠竹岸、鸭头呆懵。不经意，犹
见你、岸桥街弄。

暗香·小雪

山茶苞小。袭路人双眼，林间飞鸟。竹筏掀漪，碧野田田
睡莲绕。天远江枫古岸，漫舞叶，参差松筱。江南冬、掩映人家，
云水静烟袅。

缥缈，世间好。去倚亭听风，婉转多少。月明院悄，灯暖
纱帘映乡道。倩影悠痕半卷，暗香送、蜡梅开早。步深深、风
款款，抿唇一笑。

暗香·大雪

寒梅香弄。转深眸纤指，恣追芳踵。野趣勾奇，独自寻幽探田垄。杂草丛林小路，山茶白，好凭心动。人渐稀，藤树婆娑，深浅路横纵。

轻拢，笛笙共。似草上鸣琴，瑶曲轻涌。不需耳聋，旋律只需你能懂。清脆流声婉转，莺已妒、飞鸿惊梦。雪霏霏、云霭霭，霎时唐宋。

暗香·冬至

夕霞摇桨，惹鸥欢鱼乐，潏回波荡。树影渐长，叠翠船歌绕渔网。禅寺残棋古树，琴袅袅、谁人弹唱。柳叶黄、拨弄音符，茶蕊为寒放。

画舫，九曲漾。动写意闲情，潋滟波浪。晚晴入港，漪上心珠跳流畅。山墨云深烟野，千层澜、地宽天广。忆斑驳、心古远，渐埋惆怅。

暗香·小寒

江南冬翠，惹清溪闲鹤，悠然何几。款款蜡梅，寒里纷然胜兰芷。盈袖香痕叠处，莺声啭、随风飘旖。竹筏慢、叶影披霞，扰动一溪水。

迤逦，去千里。尚万物萧条，清寒之季。闹寒岸苇，摇曳船歌唱无际。竹笛松风柳舞，知多少、景深芳地。小巷子，青石板，伴君沉醉。

159

暗香·大寒

翻山寻雪，见梅花弄影，翠澜千叠。触碰寒冰，感动人间此清澈。幽谷人希鸟跃，望远时，地宽天阔。心情随、仙景蜿蜒，每境必惊拂。

飘忽，任步伐，确野趣延绵，不曾停歇。碧云点缀，湖色奇观再惊屹。灵韵冰雕倒影，野树依、瑶池天阙。放飞心、挥洒梦，别愁湮灭。

二十二、一七令

一七令·立春

梅。

冬季，寒时。

飘玉户，绕溪堤。

芳飞瑞雪，醉染相思。

暗香浮柳岸，清影弄涟漪。

楼上笛声拢语，水中琴瑟凝思。

云里山庄烟袅袅，星辰帷幔梦依依。

一七令·雨水

香。

袅袅，茫茫。

梅花半，雪飞扬。

凝眸沁骨，盈袖芬芳。

桃荷兰菊李，檐瓦苑亭窗。

帘影不遮清丽，街灯轻掩湖光。

什么可以去记录？一丝风来远处藏。

一七令 · 惊蛰

兰。
一夜，千妍。
琼胜雪，洁如莲。
凡骨似玉，气质比仙。
迎风仙子笑，月下对云眠。
瑶草素姿舞醉，芳馨霓羽生烟。
三月风光无限好，人间春景正眼前。

一七令 · 春分

樱。
脉脉，盈盈。
琼清浅，粉冰晶。
侬来似雪，吾去如萍。
看风华满径，依水月传馨。
天寂笛行山寺，穿霄琴漫溪汀。
百花何必嫌无主，人间值得为有情。

一七令·清明

桃。

灼灼，夭夭。

婴儿粉，美人娇。

街边春色，分外妖娆。

惹行人驻足，弄落瓣旋飘。

已到百花争艳，犹然景致笙瑶。

谁人头顶云无雨，天马行空任逍遥。

一七令·谷雨

茶。

秋叶，春芽。

云入味，露沉佳。

听竹晚照，问梅晨霞。

水深无钓叟，山半有人家。

致古万千风韵，端凝日月精华。

淡看世间花开落，香载真情享天涯。

一七令·立夏

菁。

柳调，蕉笙。

红意暗，翠姿惊。

芳草滴翠，溪水绕汀。

悠然寻叶露，婉转觅兰馨。

看尽百花争艳，无关愁绪曾经。

任林间云来云去，看人世岁月无情。

一七令·小满

风。

不散，无踪。

怎带走，那音容。

天地山水，春夏秋冬。

念无时不在，恋不处无浓。

尘世里人无影，相思意沁心中。

千言万语凝一句，万般情丝绕无穷。

一七令·芒种

思。

处处，时时。

依柳叶，落清池。

惊鸿一瞥，婉转天涯。

眼中多少泪，心底往来痴。

窗外逐烟细雨，溪边绕梦涟漪。

风影共你才美好，爱恨情仇永相随。

一七令·夏至

悲。

憔悴，因谁。

挥不去，泪沾衣。

沉骨彻痛，切肤深肌。

忧伤恒袭卷，哀恸久相依。

缕缕破防刹那，丝丝心碎之时。

不敢触碰那一角，风声恨恨雨凄凄。

一七令·小暑

伤。

频度，幽长。

随四季，染千江。

来时浩浩，去时茫茫。

眼眸含落寞，心底弄凄凉。

翻涌泪花无数，纵横思绪穷荒。

依依不舍焚纸鹤，可载心意到君旁？

一七令·大暑

河。

隔岸，清波。

萦石乱，顺山坡。

奔流不息，偶尔旋涡。

阳光深潋滟，柳浪尽婆娑。

如若递舟人远，缘何逝水思多。

心中萦绕一抹影，云端飘来你的歌。

一七令·立秋

天。
湛碧，霞丹。
深岁月，浣人间。
云舒云卷，雨缓雨湍。
看星辰日月，听万水千山。
可对九霄万古，难随往事千年。
谁的记忆能永久，一别天涯共风烟。

一七令·处暑

秋。
水静，云流。
风袭碧，雨含愁。
深径寺野，石桥林幽。
叶枯凭竹怨，花落让人忧。
无奈总存心念，岂知缘分难留。
往事如烟难捡拾，乱向风雨落不休。

167

一七令·白露

云。

淡淡，纷纷。

追日月，荫窗门。

辞罢碧落，又伴黄昏。

袭来皆有信，一去了无痕。

风卷欲涂江海，雨飞但绝纤尘。

世上何人不千古，笑问何处是归魂。

一七令·秋分

莲。

灼灼，田田。

盈宛水，淡清妍。

随漪漾曳，伴鹤蹁跹。

沐晨风晚露，听竹笛花仙。

思绪尽飘亭外，此心付与云烟。

瑶潭芳甸空有意，清风朗月滟无边。

一七令·寒露

眸。
灵动，含柔。
凝憨态，瞪娇羞。
常看风转，亦知水流。
对晨光晚照，追落叶飞鸥。
细柳粉樱桂雨，浮萍蝴蝶轻舟。
晴时唐韵雨时宋，笑携春风泪携秋。

一七令·霜降

霜。
似雪，如芒。
冰瑞色，素烟妆。
晶莹剔透，洁净清凉。
诞星辰月夜，迎旭日阳光。
千叶百丛始淡，微风流水皆凉。
一身清浅挥诗意，千年笔墨聚篇章。

一七令·立冬

枫。

夏碧，秋彤。

经一夜，染江红。

谁人心曲，醉洒千峰。

翠微中掩映，化蝶又惊鸿。

忽闻北方雪盛，奈何地域时空。

一夜风雨冬已近，眉梢依旧画春风。

一七令·小雪

冬。

悄悄，匆匆。

窗外柳，院前枫。

期待飞雪，迎面寒风。

柳丝依岸舞，落叶已无穷。

糯米酒香四溢，诗词情韵纯浓。

钟摆嘀嗒成四季，心中丘壑即苍穹。

一七令·大雪

黄。

银杏，佛墙。

金柳叶，冷方塘。

晚秋郊外，初冬曲廊。

残荷随月影，丛竹共斜阳。

月季睡莲野菊，柠檬芥末生姜。

何事如此让人醉，且听松枫赏花香。

一七令·冬至

芦。

浅蔓，深芜。

依曲岸，隐茅庐。

尤自我曳，任凭你书。

湖边迎雨细，野陌荻风涂。

淡淡碧云白鹭，萋萋幽草飞凫。

寒风冷雨潇洒否，蹙眉转身一笑无。

一七令·小寒

松。

伴月，听风。

千古翠，万年崇。

冬寒何惧，鹤栖点红。

伴山光秀岭，依璀璨星空。

凌雪傲然屹立，迎风淡扫苍穹。

骨香何须沁入画，芳菲不及半边峰。

一七令·大寒

寒。

彻骨，凝肩。

才冻土，又荒阡。

期待白雪，染尽山川。

莫非知竹翠，偶尔入诗笺。

风卷叶飞霜满，雁孤水瑟棋闲。

已是数九无限冷，山里人家起炊烟。

二十三、梅弄影

梅弄影·立春

夜飞芳雪，一任山川洁。琼影斑斓浅抹。婉转时空，绕林摇玉叶。
远香痕绝，辗转心何迭。泪点梅心香颊，恍若瑶池，筝笙鸣古刹。

梅弄影·雨水

雪临云阁，一任梅香著。寻觅风铃拐角，绕罢兰亭，绕来丹顶鹤。
案前花萼，捻笔深斟酌。野草凌寒阡陌，碧已千层，迎春花错落。

梅弄影·惊蛰

竹窗梅径，水岸玲珑景。含翠晨烟寂静，半卷帘风，倚窗兰半醒。
绿阴红胜，百卉因春竞。此际何人邀请，淡品闲茶，云端悠弄影。

梅弄影·春分

玉兰桃李，尽显春光美。樱舞楼台逶迤，隔岸香澜，远山连近水。
雨丝风细，浣绕汀兰芷。走过无边花事，品味芳馨，人间千万醉。

梅弄影·清明

案茶香室,一盏明灯入。村女裙飘野陌,鬓发随风,笑声频及客。
月临游舶,柳外溪听笛。小径花篱依北。掩映商家,花痕寻有迹。

梅弄影·谷雨

每春情纵,一任群芳送。桥底船漪碧洞,滴翠青枫,鹤声无不懂。
想知唐宋,夜半书香涌。手抵腮边眉耸,那抹思澜,千千心入梦。

梅弄影·立夏

翠声吹醉,万柳沿河旎。清影桥头映水,竹笛随风,踏船歌莞尔。
任思云外,婉转因由你。此爱今生无悔,一往情深,寻君千万里。

梅弄影·小满

月光凭吊,柳绕烟缥缈。时雨惊舟扰草。想寄相思,问悲风怎了?
嘴唇轻咬,忍泪凭栏眺。远处幽幽灯小。尚觉凄凉,焚词笺拜扫。

梅弄影·芒种

你曾来过,意外池边坐。投下云霞几朵,荡起涟漪,岂料波及我。
万家灯火,远处何婆娑。自古情丝难躲,月下凭栏,伊人眉紧锁。

梅弄影·夏至

一天千里,想见云端你。如愿追踪拜祭,痛卷心身,惹无穷泣泪。
写词笺上,折鹤融心意。雨夜归途心碎,影迹依稀,斯人兮永逝。

梅弄影·小暑

一梭烟柳,客路青莲后。池底泥深雪藕,一脉丝长,负花香等候。
泪珠轻抖,夜尽更深漏。任笔流殇多久,地老情缘,天荒仍不走。

梅弄影·大暑

问花何谢,脉脉忧伤夏。回想曾经夏夜。短暂时光,心中多少话。
雨飘风榭,一任悲情泄。怎奈思痕深惹,眼角唇边,云端凭泪洒。

梅弄影·立秋

岸边漪漾,半盏灯芯荡。无尽丝丝念想,绕水萦山,旧痕新痛创。
纵横心浪,月下蝉凄唱。笔顿思停尘网,密密疏疏,凝眉皆自桎。

梅弄影·处暑

岸边云外,月影松间籁。眼前层层翠霭,淡淡浓浓,却容颜不再。
事留尘界,不扰神仙界。远望青空云海,已是秋时,闲听丝雨洒。

梅弄影·白露

水深烟烬,雨度芙蓉粉。溪岸荷花不尽。点点疏疏,满池香阵阵。
步疑眸问,已是千年瞬。不解缘何寻本。藕念丝长,时流秋一寸。

梅弄影·秋分

桂花临岸,野陌浓秋卷。芳迹徐徐款款。想去收藏,细香无可挽。
小书楼苑,柳绕清茶伴。怎奈相思凌乱。等待何人,帘风吹梦断。

梅弄影·寒露

鹤声云翅，水色秋芦苇。青草熏风迤逦，径曲荫疏，小亭依菊蕊。
纵情山水，恣意心沉醉。几处筝笙烟水，且恋秋深，千层山叠翠。

梅弄影·霜降

染林千色，万里秋痕迹。云调漪琴竹笛，夕漾船波，雨丝声点滴。
暖灯烟幂，暂作人间客。水镜山青如画，醉语诗词，书含香一脉。

梅弄影·立冬

桂香环绕，照水芙蓉好。秋尽温风劲扫，乍见残荷，更知冬尚早。
石桥漪小，树下青青草。木舍门前飞鸟，秀羽歪头，来人间一闹。

梅弄影·小雪

竹风松雨，水岸芦飘絮。银杏红枫渐去，野菊山茶，扁舟漪不误。
鹤飞溪屿，翠隐寒兰楚。野趣眸间频度，望尽红尘，牵情思几许？

梅弄影·大雪

笼烟含翠,雪影冬知否。常探山茶稚蕊。可是痴心,择期开迤逦。
岸边香细,落叶寒江水。绕绿清眸微滞。款款深情,纷纷都是你。

梅弄影·冬至

菊吟冬调,似玉山茶小。风剪红枫又少,月季依然,暖吹萦绿筱。
叶飞眉挑,刹那光阴好。小径茶香频扰,醉意人间,兰汀莺哳闹。

梅弄影·小寒

鸟声携冷,不必幽云等。临水梅斜倩影,一盏禅茶,袭来香欲更。
夕斜云顶,刹那芳华醒。梦里徘徊心境,婉转青丝,低眉柔不胜。

梅弄影·大寒

小年时节,尽管深冬烈。由任闲心洒脱。九寨之行,尚能欢乐不?
黛峰千叠,瀑挂冰花雪。海子奇清澄澈。万里游云,飘来天地洁。

二十四、南歌子

南歌子·立春

忽见梅香岸,依然柳细林。天际远芳心。瞬间思念度,却深深。

南歌子·雨水

草色摇芳婉,梅花映水红。斜雨浣晴空。粉桃齐绽放,抹思浓。

南歌子·惊蛰

李度迷林径,樱飞笼晚烟。春色已无边。莫辞香缕缕,待风闲。

南歌子·春分

陌野风生草,烟岚雨浣湖。花蕊滴莹珠。雁归千里约,几封书?

南歌子·清明

雪柳千条动,残樱一笑哀。山壑远云埋。海棠深缀露,入心怀。

南歌子·谷雨

竹笋通深径,蝉烟隐水汀。茶女采轻盈。步悠环顾际,醉中听。

南歌子·立夏

栀子香庭院,芭蕉翠水云。芳草露沾裙。想听风啭笛,却无痕。

南歌子·芒种

看柳黄墙寺,听莺白石桥。堤上涌人潮。但寻缥缈影,水云遥。

南歌子·小满

数数灯边鹤,涂涂字里思。莺啭弄心眉。此情何以待,枉深痴。

南歌子·夏至

恍惚蝉声满,才知仲夏深。千叠翠华沉。客居尘世里,点凡心。

南歌子·小暑

月季依篱舞，荷花宛水香。风影乱爬墙。一痕弦月外，影成双。

南歌子·大暑

踏遍人间路，穷其梦里痕。尘去已烟云。客心犹驿动，逐香魂。

南歌子·立秋

婉转听飞叶，悠然看远山。云上鹤悠闲。遣谁涂四季，落人间。

南歌子·处暑

绕蝶芙蓉岸，寻香桂酒醇。云影乱纷纷。转眸撑鬓角，也思君。

南歌子·白露

雨浣街心石，风雕柳影桥。霞滟破烟霄。桂香勾眼角，远尘嚣。

南歌子·秋分

月季风情好,芙蓉景致佳。谁恋岸边花。水琴风笛度,万千霞。

南歌子·寒露

陌上青青草,庭中默默芙。谁在水边居。转眸倾一笑,任思涂。

南歌子·霜降

一盏闲茶寂,千丝翠柳柔。枫径桂香幽。崔声帘外唤,更深秋。

南歌子·立冬

掩映红枫际,参差墨菊时。飞雁去因痴。忽然思绪绕,到天涯。

南歌子·小雪

白雪临窗舞,心情绕雪飞。闲弄笔间思。眼波随影动,掩心痴。

南歌子·大雪

桂径香痕远,窗前皎月朦。溪畔又红枫。夕阳斜柳岸,卷西风。

南歌子·冬至

落叶随风度,街头已觉凉。丹桂尽飘香。转头云外月,照苍茫。

南歌子·小寒

菊秀冬之醉,梅香眼角痴。霜雪待芳菲。柳丝船尾约,点相思。

南歌子·大寒

白雪陈天色,微风弄柳纤。梅影到江南。一樽情意重,染珠帘。

二十五、鹊桥仙

鹊桥仙·立春

　　云边雁远，风携春雨，谁剪初梅飞落。柳丝婉转舞轻舟，听无处，松笙似昨。

　　石苔青绿，微漪轻度，岸畔水莲依鹤。征途休问客何从，千古恨，不谈谁错。

鹊桥仙·雨水

　　桃花流水，天空湛碧，墙顶雀听丝竹。鹤停溪石水湾湾，风婉转、樱飞檐角。

　　今词古句，雾茶云盏，谁唤晚霞临屋。闲心欲去逐闲云，江心月、香流岸曲。

鹊桥仙·惊蛰

　　繁樱满阁，草清风暖，鹤翅闲云停树。小窗帘外雨霏霏，听无处、春声谁谱。

　　桥头伞下，谁人顾盼，纷扰世间不语。船头垂柳滴晶莹，浣不去、相思无度。

鹊桥仙·春分

柳烟长凳，芭蕉卷翠，桥洞郁金云簇。石桥漫步但寻芳，最爱那、草溪青绿。

盈盈笑语，黛眉云鬓，千树梨花流馥。转身欲探眼前幽，转角处、影随风烛。

鹊桥仙·清明

窗边竹笛，溪船停渡，山岭玲珑茶女。闲书石凳伴蔷薇，风吹发、香飘云树。

斜斜风雨，匆匆岁月，又见相思轻舞。一樽清酒故人心，天涯祭、叶花不语。

鹊桥仙·谷雨

蔷薇云簇，溪风漾水，桥底莲漪幽浣。亭檐枝蔓曲连云，水宛月、荷塘叶卷。

低眉踱步，船灯隐隐，垂柳拂肩绕畔。黄墙红豆怎无端，探心事、瞬间凌乱。

鹊桥仙·立夏

山风惊晚，野芳无尽，夕外云流楼阁。溪弯深处隐村庄，
偶尔见，翩翩闲鹤。

轩窗琴曲，夜听玉漏，盆景独依帘角。凝眉思态懒翻书，
茶一盏、红尘飞度。

鹊桥仙·小满

夏来春去，一年思绪，辗转缘何缥缈？小词不尽故人情，
想落笔，无穷思杳。

一帘之隔，天涯海角，一影灯前难找。朦胧眼角碎容颜，
花落月，问知多少？

鹊桥仙·芒种

桥头石凳，青枫小路，懒懒阳光斜卧。舟横芦苇闪波澜，
谁伫立，清风淡裹。

悠悠足迹，长长纤影，眼角一痕尘堕。云烟深处任思浓，
回眸处，颦间何奈。

鹊桥仙·夏至

翠间红缀，石榴花正，一恍惚时仲夏。蝉声窗外闹青深，云淡远，思随光洒。

碧空万里，红尘千尺，百转心情谁画。回眸寻觅影无踪，落寞际，松风无罣。

鹊桥仙·小暑

蝉声频度，阳光正烈，小扇不停炎热。荷幽漪静径无人，空湛碧，溪边蝴蝶。

闲愁滴答，思澜起落，淡淡情丝轻拂。低头忆念涌来时，水弄影，深浓层叠。

鹊桥仙·大暑

海边礁石，天边云月，无尽长空一任。楼边自古莫听涛，卷沉重，声声深沁。

天涯海角，时间终点，斜月无眠伴枕。谁人不是客红尘，却何必，情丝牵渗。

鹊桥仙·立秋

蝉声低泣，紫藤挂露，忽而惊听急雨。随风珠跳乱街头，击影碎，成烟成絮。

一封飞叶，故人书信，怎寄相思无度？天涯何必跨时空，云万里，梦归何处。

鹊桥仙·处暑

时光如故，擦肩而过，有约秋风已染。懒听竹笛送闲云，于无处，思痕深陷。

回眸顾盼，无关寻觅，一影终将永念。缘何无故乱眉心，书中字，朦胧中淡。

鹊桥仙·白露

芙蓉沿岸，芦花静水，深径竹林香沁。飞旋白鹤可知秋，柳点水、游鱼戏任。

眉间川字，因谁深刻，君影痕痕沉浸。山河偷我五分愁，云寻趣、往来细品。

鹊桥仙·秋分

远方枫叶，桌边诗册，岁月送千秋景。芙蓉丹桂桂飘香，忽见蝶、帘闲花静。

雀鸣窗外，仍青银杏，云曲半遮翠岭。瑶池归梦碎琼芳，时光旧，玉容辞镜。

鹊桥仙·寒露

径深烟淡，桂香林外，陌上秋蝉声短。芙蓉柳岸古桥漪，云边月、窥窗闻叹。

谁人灯下，将思折叠，端笔芳心零乱。孤鸿已去影残留，欲去逐、天涯路远。

鹊桥仙·霜降

桂香款款，窗灯点点，竹径月光轻洒。桥头枫影暗婆娑，漪拍岸、柳丝微摆。

星辰闪烁，人间凡客，一瞬百年不再。绣帘闲掩隔茶烟，阻不断、情深尘外。

鹊桥仙·立冬

　　红枫艳艳，柳丝袅袅，月影悠悠入梦。晨钟枕上扰轻纱，凡尘外，笙箫烟笼。

　　窗前书案，闲时一盏，翻阅时空心纵。人间百态度江山，婉转处，何来香涌？

鹊桥仙·小雪

　　晨曦微露，白墙灰瓦，陌野满天飞雪。窗前云雀眼萌萌，小脚印，有无打滑。

　　相思无际，痴情起落，只是因为一瞥。绝弦不度恸中情，何太远，只缘永别。

鹊桥仙·大雪

　　月窗帘静，斜枝弄影，望竹静依书榻。已无花落卷风听，香何处，细寻轻踏。

　　流云度水，夜莺声半，凝视远天思恰。人间多少事随风，谁在问，天涯无答。

鹊桥仙·冬至

红枫柳翠，流霞银杏，风动芦花船笛。不知蝴蝶正寻花，转眸笑，初冬今夕。

湖边芳草，桥头风色，婉娩水弹琴瑟。流云半卷卷深思，莺语乱，谁人弄笔。

鹊桥仙·小寒

晴空万里，云边柳岸，独步悠然遐想。竹桃墙下话曾经，亭下椅，独怀惆怅。

南飞鸿雁，西风寒冽，檐下谁人眺望。转身之际已天涯，尘客梦，烟云何往。

鹊桥仙·大寒

寒风雕碧，叶飞檐角，石板桥头金柳。塘边芳草更纤纤，空留影，鹤飞云后。

江山万古，人间休问，入骨相思何久。谁人款款笑声遥，青石板，梅香依旧。

四季如歌

二十六、捣练子

捣练子·立春

香迹处，见寒梅。鸿雁飞来可有书。
千里白云连碧野，对尘欲问几时归。

捣练子·雨水

桃倚岸，水云间。山里人家隔野烟。
寒远江南舟一笛，晚风暖客叹何年。

捣练子·惊蛰

闲梦远，径幽深。山水仙音拢一琴。
弹罢云山千古曲，任凭风雨作禅心。

捣练子·春分

樱满树，小庭风。春色无边叹未穷。
柳岸谁人吹紫笛，洒思无度恨深浓。

捣练子·清明

深径处，海棠溪，思绪翻飞对酒时。
柳绕桥头花月醉，水宁波静起涟漪。

捣练子·谷雨

芳草碧，夕阳斜。袖拢香痕惜落花。
回望云山人不见，奈何思绪到天涯。

捣练子·立夏

楼宇下，石榴红，隔壁笙箫水岸枫。
柔柳睡莲湖水碧，一腔思意却无终。

捣练子·小满

天地影，眼间痕，转瞬随风化作尘。
但问人间何必见，此生一别更思君。

捣练子·芒种

含笑半，睡莲恬，风载青青雨载蓝。
满荡笙情舒碧野，一痕思绪透垂帘。

捣练子·夏至

烟缕细，柳丝长，竹翠莲红蔓漫墙。
舒卷闲云空万里，不沾尘世一痕伤。

捣练子·小暑

风碧树，雨烟溪，菡萏蜻蜓亦未迟。
小扇微风拂面际，不遮思念绕眉时。

捣练子·大暑

风劲猛，海边霞，白浪沙滩彼岸花。
湖泊草原皆广陌，梦中寻觅到天涯。

捣练子·立秋

桌案笔，枕边书，一盏闲茶云里居。
蝴蝶穿花何惹眼，柳溪芦草任秋涂。

捣练子·处暑

山外雪，水中莲，丝雨微风陌上兰。
正是秋笙溪上过，但听竹笛染云端。

捣练子·白露

粉黛子，卷情怀，楚楚盈盈默默开。
曾问百花花各异，却因香自梦魂来。

捣练子·秋分

千古事，一微尘，万里相思一月痕。
伴我乘风闲纵酒，洒然何以度心焚。

195

捣练子·寒露

深径桂，馥随风。茂叶青枝转角空。
叶逐水流轻转去，此生漂泊任西东。

捣练子·霜降

雨渐渐，柳纤纤。桥底船游天湛蓝。
书角一痕谁折叠，转眸深锁眼波帘。

捣练子·立冬

墙角菊，水中莲。芳草天涯露挂兰。
亭榭侧听花落地，几番风雨忆河山？

捣练子·小雪

桥下柳，岸边枫，掩映人家晚夕红。
船尾橹声何处去，酒香约客未知浓。

捣练子·大雪

桌案笔，笔前茶，纸上心情谁乱划。
隔岸雀鸣风不应，怎知一别已天涯。

捣练子·立冬

寒渐紧，叶零星，一盏清茶一盏灯。
窗外风声敲晓梦，月光流水问飞琼。

捣练子·小寒

香已冷，菊初残，水逝云流绕远山。
水映枫亭红艳艳，染思著绪不知寒。

捣练子·大寒

溪水冻，雪无踪，白鹤迎风展翅空。
极尽深寒梅朵朵，暗香盈袖一溪风。

197

二十七、洞仙歌

洞仙歌·立春

梅花无数，在庭檐栏角，阁上云楼点红簌。岸风萦、春信欲寄相思，山卷碧、谁弄一弦瑶曲。

推窗闻紫调，清婉无端，葱翠烟连阁前竹。眸眼享阳光、沉醉如何？轻暖袭、花妍芳沐。待山谷、百花遍山坡，想与你、相携跑欢声逐。

洞仙歌·雨水

远山青湛，欲碧深浓滴，林径桃花绽娇逸。醉花间、早蝶自在翩翩，谁入镜，未约请何家客？

粉弄裙裾动，素手纤纤，轻碰花边露痕迹。正是赏花时、却见飘零，花期短，最应怜惜。想执笔，寥寥记侬生，却无奈，今生事无从忆。

洞仙歌·春分

小圆樱树，忽繁花书锦，引醉行人绕廊品。叹琼姿、霜雪抹绽芳华，帘风动，卧榻时香入枕。

散花风缓缓，一瓣斜肩，不愿弹离愿深沁。缓缓暗垂眸，怎奈时光。眼中惜，缘何难沈。怕泪水、随思涌无端。可总是、心中影波中浸。

洞仙歌·惊蛰

海棠沾雨，似滴盈盈泪，粉抹相思对春水。醉红尘、燕子飞柳抽芽，小叶李、沿岸横风芦苇。

指尖轻点瓣，碰触芳华，喜乐时光却因你。踱步漫溪边，婉转莺啼，东流水、浣新花卉。正风景、芳菲意年年。客花下、眉间蹙深凝几。

洞仙歌·清明

玉兰惊艳，叹芳妍群锦，虽是无香馥深浸。倚晴空、一抹玉色冰姿，谁家女、沿路边寻桑葚。

景色无限好，陶醉游人，小径清幽竹阴渗。倚桥尾黄墙，听水流觞，禅声远、相思何甚？寄千鹤、可以到天涯？却不尽、痴心度悲难任。

洞仙歌·谷雨

绣球始绽，却星疏青绿，期待琼瑛绕窗竹。瓣之香、婉转牵动深眸，瓣之洁，情一痕心如玉。

放思千万里，只为追寻，一任飞云乱清目。敛眸觅花魂、看见流星，终究是，凡间尘俗。步花间、天地在唇间，笑风月、缘何醉因芳馥。

洞仙歌·立夏

白云舒卷，正眼前青翠。丹若花红对兰芷。觅香痕、水尽天色云轻，一盏菊，何处涟漪绕指。

笑声幽窗外，半竹含烟，廊下藤花万千紫。彩蝶翻飞时，谁妒芳华。回眸际，夏风迤逦。望远山，忽闻笛声悠，却不料，无端事勾思意。

洞仙歌·小满

眼前兰芷，勾遒思无限。逝水缘何绕山转。蝶轻翻、一任往往来来，柳柔细、桥底莲蓬露半。

伞低遮小径，何处莺声？点滴心情落池满。一路觅思痕，缥缈无踪，红尘岸，柳风半卷。立石桥，故人几时来，望云月，心中影何曾远。

洞仙歌·芒种

雨声敲梦，扰窗前纤竹。云底波澜顿临屋。跳珠斜、滴碎深浅池塘，荷花乱、莲叶层层拥簇。

不见天际线，风卷云山，思念多端共谁曲。水阔到人间，远处雷声，可惊到、路边小菊。叹时空、寂寞伴闲情，问花草、唇将动眉先蹙。

洞仙歌·夏至

蝉声沉落，绕荷塘兰芷。晨露微风草青翠。柳纤纤、何处婉转莺声。云淡淡，勾起无端思意。

隔窗云影树，多少曾经，对岸红花已无几。欲问何时再、对酒言欢，本南北、千山万水。现东西、时空永难逢，挥愁绪，倾无去来无止。

洞仙歌·小暑

荷香浣染，正坠枚清露。湖水涟漪柳风舞。鸭悠悠、几点萍乱波光，晖斜晚、风卷渔歌船渡。

远山烟闲处，韵墨琴弦，高树蝉声唱炎暑。一盏对斯人，不问曾经，纤指捻、茶音花语。忆往事、疏窗隔云流，却不想，千般事无端度。

洞仙歌·大暑

晴空万里，任云舒云卷，窗外风来绕铃转。水云间、琴瑟竹笛悠扬，一丝雨、闲滴荷花香乱。

倚轩窗而望，山黛层峦，隔水兰台客船慢。是谁在流连，拨弄心弦，千里外、去踪无返。念他乡、风景更鲜妍？对闲酒、相思度无声叹。

洞仙歌·立秋

落樱成冢，问秋风何往。拂过涟漪到船桨。挂江帆、波逐云梦天涯。飞鸥远，点点翻飞拍浪。

倚栏裙裾动，斜影深深。眼角飞花惹尘网。又见木槿红，四顾思人。三千曲，共谁轻唱？仍惦念、梅李度春风。奈无计，无晨夕无思量。

洞仙歌·处暑

风携雨至，任秋声无尽。鹤影斜阳翅舒振。岸边芦、抖落尘雪飞倾，参差处，已染渔翁双鬓。

素罗裙款款，缓缓寻香，一宛荷莲水中隐。眼角一丝痕，何必知谁，云万里、去留休问。叹时空、沧海与桑田，惜人世、因相遇情思困。

洞仙歌·白露

溪边蝴蝶，正悠然飞过，款款盈盈数花朵。柳纤纤、亭角几枝芙蓉。风雨染、千万秋方醉些。

丹桂飘香远，谁在寻芳，走走停停石边坐。拱门月季廊、开落无言，粉黛子、点胭脂浣。怎留下、思绪与风情。更想问、人间客痴如我。

洞仙歌·秋分

小庭转角，见竹边楼舍。藤蔓盘旋是谁写？万芳春、花季只伴茶香，千风夏，弄笛拨弦韵雅。

此刻听秋语，多少风流，天地人间任闲话。转眸来时路，风淡云轻，向何处，只求飘洒。望苍穹、浩瀚且苍茫。叹凡客、弹尘去心能罢？

洞仙歌·寒露

捧书半卧，觉桂香轩榻。轻踱窗边看云杂。染帘风、欲度鬓影桃腮，临楼月、却弄近灯远塔。

落叶飘小径，亭榭无声。点点红枫醉秋踏。转角一芙蓉，涂粉篱墙，悠然柳、水边游鸭。可听见，松笙伴漪琴，不思量、芳心几分谁纳。

洞仙歌·霜降

秋风暖暖，更秋青深水。岸畔残荷与兰芷。竹纤纤，紫调环绕芭蕉，芙蓉笑，点点红吹芦苇。

踱林间小径，婉转香丝，偶尔回头觅丹桂。掩映叶遮云、共海棠时，盈盈露、含情有几？想隐去、然却满心头怎思绪，依然是千般事。

洞仙歌·立冬

船头穿柳，任漾漪桥洞。银杏翻黄倚楼笙。染清枫、溪水沁冷芦风。芙蓉畔、石凳书香轻涌。

桂花飞满院，清露盈盈。红豆无声落幽梦。渺忽影何寻、只觉云深，未尽话、筝笙相送。欲追去，天涯路茫茫，凭思绪、花间舞无心弄。

洞仙歌·小雪

窗前飞雪，刹人间清瑟。寒卷空山欲浓滴。半帘霜、街角风影沉沉。翻书际、指缝痕茶烟白。

眼望楼边树，暗叹时光，往事如烟已何夕。柳绕枫桥时，一盏沉迷，红尘路、皆为过客。看云天、鸿雁正南飞，恰之际，谁人弄梅花笛。

洞仙歌·大雪

　　影飞檐角,已满庭黄叶。笛入流云阁边雪。桂香萦、缥缈仙客飞琼。筝笙远、芳草吟秋半阙。

　　溪间红一抹,可否能留,点染深青粉惊羼。指尖欲轻抚、额角寒烟,无声露、欲辞风月。把一盏,岁月与闲心,且沉醉,人间最伤离别。

洞仙歌·冬至

　　云边飞鹭,牵深眸期盼。丹桂飘香落吹晚。菊花篱、作别冬雨浓情,问花语、何必依栏缱绻。

　　孤舟悠悠过,漾起心漪,旧日时光眼前遍。坐游廊听雨、一曲萦心,烟波渺、伞裙款款。望苍穹、忽而泪盈盈。致空念、寒风卷云凌乱。

洞仙歌·小寒

　　桂飘柳岸,又不堪风扫。满地枯枝脚边扰。叶斑驳、芦苇斜竹青黄,残荷露、欲滴晶莹渐少。

　　欲辞憔悴态,众菊初开,花语何因尽人闹。转眸觅兰心、处处时光,任思绪、随云缥缈,可辗转、入梦却情难,对一盏、香醇味盈盈绕。

洞仙歌·大寒

寒梅香袭，惹路人停愣，风过枝摇一花落。霎时间，相惜无处寻缘，捡拾起、昔日风情悄度。

溪漪随船尾，碧水深寒，花影移窗倚楼阁？探头雀声萦、惊梦无边，纤尘远、晴空飞鹤，问云边、何处是天涯，更难了、今生誓前生约。

二十八、清平乐

清平乐·立春

梅花香醉，却挂相思泪。欲枕春风西窗睡，梦冷闲词谁寄。
欲踏明月飞时，能与君影相随？看尽花开花谢，人间怎了情痴。

清平乐·雨水

早樱缠树，柳绕丝丝雨。云影溪风花含露，白鹤缓歌慢舞。
小径花语莺怀，飞花一任香腮。回望云风之际，无奈此际天涯。

清平乐·惊蛰

香自花处，柳已飘飞絮。小径亭边听花语，云雀闲停船渡。
芳落知水非深，窗纱碧映竹林。情到浓时憔悴，相思怎度禅心。

清平乐·春分

梅桃雨半，楼外樱飞乱。谁弄烟芜丝柳岸，回首桥头枫畔。
抬手轻弄窗纱，眼角空落庭花。曾是笑声一路，如今已在天涯。

清平乐·清明

柳岸鸿影，已弄喉头哽。月半乌啼云远静，花落花飞风冷。
烟柳缠绕孤舟，丝雨还带清愁。谁在溪间洒泪，相思映水悠悠。

清平乐·谷雨

海棠垂泪，湖水深千翠。思绪翻萦云山外，一盏已然沉醉。
小径弯曲清幽，闲情常浣清眸。漫步花间蝴蝶，波光云影曾留。

清平乐·立夏

杜鹃漫野，环绕千山夜。一晃风携香痕洒，莞尔深深任画。
翠竹小径弯弯，石板裙角翩翩。芳草水波翠翠，谁人思绪缠缠。

清平乐·小满

云风淡淡，光影微微闪。天际无端思绪染，多少情深能暗。
熙攘喧闹人间，转眼已是一年。辗转曾经风景，如今处处芜烟。

清平乐·芒种

石榴花少，菡萏溪边小。紫蝶但追香缥缈，款款飞来镜巧。
溪岸落露沾帘，一排青翠水杉。婉转莺勾思绪，何不就此沉酣。

清平乐·夏至

蝉声沉落，扰闹船边鹤。振翅冲天千尘掠，风雨无知无觉。
千壑林翠深深，万竿竹影沉沉。可有花香轻点，不负一片冰心。

清平乐·小暑

池塘荷瓣，水鸭悠然远。亭角一枝青翠宛，四溢荷香微浣。
夹竹桃自飞琼，藕花洲任舟横。溪畔柳芦边凳，捧书女坐烟汀。

清平乐·大暑

风自何处？懒懒听花语。谁送荷香沾飞絮，紫蝶伴杨柳舞。
瞥见窗外芭蕉，斜月小扇纤腰。灯下愁深剪影，夜弄思逐尘飘。

清平乐·立秋

已觉暑尽，婉转清凉近。风过花飞成阵阵，卷絮千般传韵。
落叶惊起回头，最深小径幽幽。水慢野青天远，云碧未感初秋。

清平乐·处暑

蝉声已远，门掩霞光晚。风柳不随时光慢，不觉间秋欲半。
桂径香婉深深，芙蓉开半沉沉。石凳斜桥曲水，何必牵绊人心。

清平乐·白露

雨丝凝滴，秋水连天碧。芦苇斜霞湖风笛，帘静卷人间画。
藤蔓绕半边楼，谁携飘叶行舟。即使有千般影，唯独你入清眸。

清平乐·秋分

窗外细柳，一口杯中酒。瞥见纤纤帘风手，伫目沉思良久。
已是万里金秋，枝头依旧鸣鸠。路过篱边月季，人间几许闲愁。

清平乐·寒露

桂香萦梦，远影轻烟拢。欲问此行谁相送，更漏声声敲痛。
耳畔旋律随风。眼痕寻觅飞鸿。枕上眉峰锁恨，落花何必思浓。

清平乐·霜降

叶飞深径，雨后深青更。伞下滴秋何人等，柳岸荷残烟冷。
月下流水瑶筝。花气醉倚闲庭。游鸭欲寻鸿影，天涯无路随行。

清平乐·立冬

心漪荡漾，莺柳随波唱。桂岸飞香丝痕网，秋景成诗悠漾。
高阁一影凭栏，悠悠云去无言。冉冉思深深痛，转身时已天边。

清平乐·小雪

雪积灰瓦，更古红枫榭。柳岸涟漪连陌野，风在枝头闲话。
轻捧一盏青茶，静听角落开花。隔着窗纱望远，思绪已在天涯。

四季如歌

清平乐·大雪

红枫掩映，小阁云流冷。柳岸凭栏痴痴等，飞叶霜花追影。
雁过时几封书，石桥小径踟蹰。此别相逢不再，宁愿沉醉无苏。

清平乐·冬至

萍随波漾，可是寻心港。桥底一弯青莲躺，水静深听月亮。
银杏飘影轩窗，素手闲弄书香。竹笛筝笙流动，几痕清浅时光。

清平乐·小雪

深谷兰芷，天外流云旖。何处香痕轻扑鼻，淡淡萦风无际。
谁弄斜影婆娑，白云轻点江河。欲寄相思去问，天涯雪雨如何。

清平乐·大雪

飞叶轻舞，更翠林间树。缥缈瑶琴谁能谱，一盏琼浆斟趣。
杨柳斜影溪桥，鹤来相伴无邀。寒极奈何花月，思绪涌任风飘。

二十九、一丛花

一丛花·立春

春风悄度满江南。芳草漾天蓝。冬衣未缓人间冷，忽见那、梅绽皴皴。窗角风铃，悠然清脆，莺语入轩檐。

垂帘不卷梦香甜。无影却纤纤。无端情绪心头绕，不可探，且锁烟岚。茶瓯清绝，茶汤纯净，思意亦何堪。

一丛花·雨水

梅花且盛且纷飞。香伴雨沾衣。回眸笑对容颜去，莫思量、悔不当时。小径蜿蜒，疏林寻觅，听见雀声随。

低头似见泪花梨，飘叶惹谁思。游香台阶青青草，倦回眸、君影天涯。裙摆摇摇，发丝漾漾，远影不知谁。

一丛花·惊蛰

春风有约落桃花，千里泛红霞。街边院角香盈满，绕柳青，溪上飞葭。莺声婉转，竹风松露，烟树弄云纱。

街边转角是谁家，窗后问琵琶。低眉已叹仙姿半，却难留、已逝芳华。阳光明媚，花飞鬓角，浅笑且烹茶。

四季如歌

一丛花·春分

　　樱花似雪满园芳，清婉却无香。回眸刹那芳菲尽，叹时空、任织霓裳。微风拂面，展眉眯眼，春意闹身旁。

　　行人路上各闲忙，新竹已依墙。轻风款款千般愿，绕不过、尘世苍茫。晚云残雨，余晖角落，笑带一痕光。

一丛花·清明

　　飞花漫漫几多痕，深径觅无人。风携雨信谁能解，落天涯、不扰纤尘。晨烟暮云，船游岸柳，山水可相闻。

　　追寻四季总愁春，千古怎休焚。回眸似见匆匆影，最念君、点滴情深。灯下执笔，倾思素纸，月半已西沉。

一丛花·谷雨

　　莺声婉转柳垂肩，春末百花残。溪边小径通舟渡，绣球伴、草木暄妍。青山隔断，红尘路远，流水浅思澜。

　　经常无意望云端，晴雨任千般。花香唯愿留君笑，握时光、点滴飞端。难得逍遥，偷来闲适，素手弄茶烟。

一丛花·立夏

　　时光又落美人蕉，柔柳倚溪桥。繁花未尽春风意，石榴红、怎不天天。游鱼荷叶，近杉远鹤，仙乐自飘飘。

　　眸间清影水间摇，思绪是谁邀。帘风不卷无端碧，任苍鹰、万里云遥。花月无声，相思角落，尘世任喧嚣。

一丛花·小满

　　云端白浪卷晨晴，含笑等天明。千山不晓西风月，对流水、听断筝笙。人间之路，时空清冷，何处是香馨。

　　他乡田野觅孤零，荒冢忆曾经。苍穹之外还无恙？梦中影、依旧缠萦。一年之事，独思君笑，无奈敛眸情。

一丛花·芒种

　　无边丝雨一悠蓑，船尾卷天河。桥风不引溪边柳，岸潆洄、心影凝荷。远山滴翠，烟村沉碧，田叶小青禾。

　　无端情绪绕云波，岁月去如梭。闲愁点滴眉间隐，抹不去、旧日之歌。思绪千万，时时萦绕，窗外水逶迤。

215

一丛花·夏至

　　蜿蜒水路径森森，花静木幽深。青青弱柳柔芳草，蝶忙甚、隐约仙音。夹竹桃墙，花开花落，谁在诉光阴。

　　黄昏溪上一张琴，风雨对空吟。蝉声高远无边唱，一抹影、若刻身心。伸手欲碰，却难触及，何处可追寻。

一丛花·小暑

　　晴空万里一丝云，荷露净无尘。桥头伞下无风至，烈日猛、倍感如焚。汗流鬓角，匆匆步履，炎酷弄眉颦。

　　清凉之处惹沉沦，窗上渐氤氲。蕾丝小扇纤纤手，莞尔意、细品无痕。眼底深处，眸光沉半，何以破迷津。

一丛花·大暑

　　他乡田野郁葱葱，天海色趋同。飞花戏浪天涯逐，那边有、温暖清风？鸥声无边，帆弯无际，终究是西东。

　　街砖楼角觅君踪，依旧影朦胧。客心难破烟波冷，敛眸时、思意无穷。昔日何在，时光何老，牵念贯苍穹。

一丛花·立秋

清风逗暑点微凉，丝竹醉轩窗。斜阳一抹痕凝晚，手轻遮、欲探苍茫。半靠亭栏，飞霞环绕，裙角慢波光。

清茶淡酒伴忧伤，乍觉夜来香。人间能否真清醒，眼迷离、偶尔轻狂。一叶飞落，拨弦翻舞，翠泛一丝黄。

一丛花·处暑

云边仙鹤月依楼，琴伴水东流。荷风偶撞掀帘梦，分外香、一缕空留。清音秀律，芳姿醇韵，端笔却难勾。

案边书册卷清眸，字句几多愁。相思不耐茶无语，任时光、滴答无休。不忍笛闲，奈何残谱，何以曲声柔。

一丛花·白露

桂香小径几时休，蝴蝶不知愁。天边淡淡云流曲，韵渐惊、万里清秋。期待枫红，桥头倚柳，飘叶水宁丘。

芙蓉又粉岸边舟，游鸭懒沉浮。沿河石凳无人问，一抹香、深潜花沟。转头寻觅，曾经踪迹，无奈不长留。

一丛花·秋分

　　风携桂雨染深秋，飞叶慢悠悠。衔芦展翅东南去，雁天涯、万里遨游。残荷送笙，枯藤扬笛，飘袖揽云流。

　　闲心把盏笑中偷，恣意奈何愁。芳姿勾乱人间事，任思绪、沉醉无休。晨曦入茶，晚霞为枕，千古几痕留。

一丛花·寒露

　　秋邀千树碧烟芜。溪水绕云图。枫亭野径深花影，桂香萦、郁郁疏疏。莺柳石桥，船声扰鹭，荷雨半犹枯。

　　谁人松岸闭门居？何处寄云书？低眉缓步听花语，见芙蓉、摆动裙裾。捡拾相思，收将情绪，痴意世间无。

一丛花·霜降

　　忽闻丹桂绕唇香，清婉越篱墙。闲书案上茶烟冉，眼前字，穿越时光。轻掠指尖，琴弦月影，眸色敛苍茫。

　　一痕飞叶伴秋窗，不觉已微凉。菊声悄悄花凝露，载不动，人世离伤。魂断梦空，一杯酒软，何必问情长。

一丛花·立冬

寒凉渐紧叶纷纷，窗遗桂香痕。溪枫水岸涟漪曲，菊忆秋、醉展芳茵。深径竹桃，低眉慢步，风里独思君。

池中一影是何人，鸿雁度青云。楼朱金柳烟芳草，露滴莲、丝藕同根。无问此情，云端梦里，天远绝凡尘。

一丛花·小雪

深寒云重雪纷纷，窗外古黄昏。谁人早寄天涯信，洒相思、天地无垠。帘影度眉，随风而去，留一抹深痕。

曾经几度酒香醇，一盏泪成尘。两行鸿雁云天外，逐梦否？冷月依门。一世悲欢，三生守望，何以伴安魂。

一丛花·大雪

枫红正遇转眸时，浓染透心漪。楼边伞下眉间影，伴风转、欲去还迟。云底墨深，溪间船冷，芦苇半沉西。

石桥湿尽岸边泥，碧柳弄纤姿。何人踏断东流水，落叶半、深沁闲词。风过指尖，何曾带走，缠绕此生痴。

一丛花·冬至

河边金柳万千条，如晃水边桥。携香雨弄清眸影，载不尽、此际逍遥。天边远云，楼前银杏，心念想飞逃。

窗前小雀逗花猫，与你确难聊。无端拈起田间叶，任思绪、辗转飘摇。天涯寄语，人间问候，饺子味堪调。

一丛花·小寒

草枯叶落任寒裁，眉翠挽香腮。林间小雀惊魂步，笛笙处，声落谁怀？那边花篱，白茶墨菊，花语岂能猜。

红尘寂寞且深埋，云卷雁天涯。人间情意何时了，逝水东，只伴风哀。霞夕谷深，芳香自在，莫笑太痴呆。

一丛花·大寒

携香细雨卷西溪。檐角滴芳词。松笙竹笛林间月，古今事、一盏无辞。闲看流云，静听流水，寻问岸边梅。

浮尘且有相逢时。知己不嫌迟。春风欲寄天涯信，满院露，染尽相思。丝柳弄弦，谁人弹唱，曲谱奈何痴。